講談社文庫

炊飯器とキーボード

エッセイストの12ヵ月

岸本葉子

講談社

目次

SAVON AUX ALGUES
Seaweed Soap
Made In France
ALGUES

炊飯器とキーボード～エッセイストの12ヵ月

本文カット　大森せい子

一月

仕事始めに十年ぶんの大整理

「正月気分」らしきものは特にないまま、三が日が終わった。

出版社の多くが仕事納めとなる暮れの二十八日夕、いくつかのゲラが駆け込みのように続々とファックスされてきた。ゲラとは校正刷りで、私が書いた原稿を活字にし、「これでいいですか？　訂正がなきゃ、これで印刷しますよ」と確認するもの。

ファックスの送り状には「二十九日から四日まで休みに入ります。戻しは年明けで結構です」。つまり「正月の間、見といて下さい」ってこと？

年越しのゲラを持つのは、誰だって避けたい。私は急遽《きゅうきょ》、夕飯のしたくの手を止め、ねじり鉢巻き気分でファックスの前に座り、ものすごい勢いで集中して読んだ。今しも、「これで、ほんとの仕事納め。後は正月明けに返ってくるのを待つばかり」とせいせいと帰りじたくをしているかもしれない編集部の人に、待ったをかけようと。

直すべきところを直し、ファックスで送って、ほっ。向こうはいやーな顔をして受けとったかもしれないな。襟首《えりくび》をつかんで引き戻されるようなタイミングになって。

私の方は、これで一応、年内の「相手のある仕事」は終わりである。「相手のある仕事」以外の仕事とは、読まなければならない本とか、書き下ろしの原稿だ。これも正確には、相手はあるが、ゲラの戻しや「なん日が締め切り」といった原稿に比べると、期限が中、長期的であるため、こちらのペースに任される。

結果的には、私は正月休みを過信していた。本や原稿は、ほとんど手つかずだった。どこか旅行に出かけたわけではない。親の家にいただけである。二十九日に行って、向こうの片づけや掃除、買い出し、来客のための食事作り、プラス、デイリーの炊事《すいじ》、洗濯をしていたら、あっという間に正月四日。

この時期、必ずテレビに成田や東京駅が映り、

「新幹線は、乗車率百パーセントを超えて、混み合いました」

「お正月を海外で過ごした人の帰国ラッシュで、終日混雑しました」

とか報じるが、私は常にそのニュースを家で眺める側だ。正月は親の家で過ごすことになっているのがいちばんの理由だが、それがなくても、

(何も、いちばん込む時期に行かなくてもいいか)

と、はじめからあきらめムードである。

出版社の女性が、イタリアから年賀状を出してきて、

「思いきって休みをとれるのが、会社勤めのよさかなと思います」

と書いてあった。たしかに、ふだんなかなかまとまった休みがとれないぶん、「ここぞ」というときは、どんな無理を押しても、ばーんと旅に出たりする。オンとオフのメリハリを力ずくでもつける、というか。

別の男性は、日頃は家にも帰れないほど忙しいが、せわしない日常の中でかえって旅心がうずいてか、まずは香港からはじめて、次の年はタイ、この正月は、なんとインドに行くと言っていた。受信時間が十二月三十一日深夜のファックスに、書いてあった（その時間、まだ働いていたのか）。

皆、よくやるなあ。

四日に家に帰ってきて、目を通した年賀状にも、海外からのが数通あった。一応、旅の本を書く人となっている私より、はるかに旅人なのだ。これでいいのか、岸本。

しようと思えば、年末年始でなくても休みはとれるのだからと、今ひとつ無理を押して行く気にならないが、では、他の時期に出かけるかというと、ここ数年、長い休みをとったためしがない。

ふだん、ワープロを打つかたわら洗濯機を回したり、仕事の合間にちょっと買い物に出たり、夕飯も自分で作って食べているくらいだから、会社勤めの人より一日の実働時間は短いだろうが、何かこう、だらだらと忙しい。「何時に」という用は少ないが、「いついつまでに」という用は、結構ある。先延ばしすると、後でツケが回ってくるのが怖いので、思いきってサボれない、小心者の私。

なので、世間が仕事始めとなる四日から、早々とワープロに向かうつもりでいた。ところが、親の家から帰ってきた私には、恐ろしき「片づけ魔」が取りついていたのである。

この休み、親の家で私は相当、ものを捨てた。親は世代的に「もったいない」精神がしみついているのか、とりあえずとっておく癖がある。箱とか紙袋とか。

貰いものも、すぐには使わないとみると、元どおり紙に包んでしまい込む。すると、中がなんだかわからなくなり、「ある」ことそのものを忘れてしまい、単なる場所ふさぎと化すのだ。

母親が生きていた頃は、なるべく口出ししなかった。老いたとはいえ一家の主婦がいる以上、とやかく言うべきでない、と。が、父オンリーになってからは、男所帯はとかくむさくるしくなりがちなので、思いきって処分するようにした。この正月も、相当がみがみ言った。家は住むための場所で、ものの保管場所ではない、何よりも活動しやすいことを心がけるべきだ……。

言いながら、しだいに自分の家、特に仕事部屋が気になってきた。人のことは言えない。封筒に入れっぱなしの書類など、包装紙にくるんだきり、中のわからなくなった箱と同じである。

本棚のあの段にも、ああ、あの引き出しにも、新聞や雑誌が突っ込んだままだ。しだいに、細部のクローズアップまで目に浮かぶようになってきた。人の家の片づけなんて中断し、ただちに帰って、片っぱしから資源ゴミとして束ねたいくらいだった。

その思いは、三が日の間にどんどん高じ、四日の昼過ぎ、電車を降りて、駅から家に向かいつつあるときは、すでに「重点整理箇所」が頭の中にリストアップされていたのである。

最大の問題は、切り抜きだ。はじめて本を出したのは一九八五年だが、それからの十五年ぶんの切り抜きが、段ボール箱二つに投げ入れてある。全部ではないけれど。

はじめはOLだったので、インタビューを受けることそのものがめずらしく、

「うわー、こんなこともう一生ないわ。記念にとっておかなきゃ」

と、それこそなんでもかんでも切り抜いた。

「新聞のままだと色あせてだめだよ。コピーをとっておかなきゃ」

同僚OLのアドバイスに従って、会社のコピー機で複写までしたのである。

インタビューや書いた原稿が載る機会が、少ーし増えると、図に乗りやすい私は、

「自分の記事が載るのは、こういう仕事にとって日常、日常。今さらそんなシロウトでもないのに、いちいちとっておく必要はないわ」

と余裕のあるところを、自分で自分で見せようとし（バカ）、目を通したら捨ててしまった。が、それでは後でたいへんな思いをすることに、ずいぶん経ってから気づいた。雑誌や新

聞に書いたものを、単行本に収めるとき、「初出」といって何に掲載されたか記しておくことが、出版上のマナーとなっていることを、それこそシロウトの私は、知らなかったのだ。どこまでが決まりかはわからない。編集者によっては雑誌名だけでなく、何年の何月号、週刊誌や新聞なら何月何日号かまで明記するよう求めてくる。切り抜きをとっておかなければ、どうにも調べようがない。

「雑誌の発行元である出版社に聞けば、バックナンバーを調べてくれるだろう」

と言われたことがある。甘い、甘い。

世にあまたある雑誌のうち、雑誌名から「あ、あの会社のか」と知れるのは、ほんのわずか、書店に出回らないPR誌などもあり、そうなると、

「たしか、こんな名の雑誌に書いたんだけどな」

との覚えはあっても、それ以上、たどりようがない。たとえ、発行元がわかったとしても、

「ええと、何年前だか忘れましたが、おたくの雑誌に何か書いたんですけど」

みたいな問い合わせに答えてくれるほど、世間の人は暇ではない。

一度、初出調べで大騒ぎしてからは、記憶がはっきりしている連載などを除き、

「これは、後でわからなくなりそうだな」

と思うものは、整理は後でするとして、とりあえず箱に放り込んでいたが、この一、二年はそれさえも面倒になり、手近な引き出しや本棚の段に突っ込んでいた。この「後ですると

して」が、積もり積もって、もはや一刻の猶予《ゆうよ》もならぬほど問題化しているのだ。

この年始こそ、解決しよう。

一枚一枚スクラップするなんてことは、非現実的なので、もう考えない。せめて八五年なら八五年と、年別にクリアボックスに入れるのだ。

四日の午後は、切り抜いてさえおらず、雑誌のままの状態でとってあるぶんの、該当《がいとう》ページを探し切り抜く作業だけで終わってしまった。問題の段ボール箱に手をつけたのは、五日の朝九時。

二つの箱のうちひとつは、前にも「何とかせねば」と片づけかけた形跡があり、切り抜きは年別に、洗濯バサミで留めてあった。もうひとつは、分けてもおらずごちゃごちゃで、一瞬、絶望しそうになる。

こういう昔のものを整理するとき、手を止めて、字を目で追いはじめる人がいる。漫画「サザエさん」に出てくる、畳を上げて、下に敷いてあった古新聞に、腕組みして読みふけってしまう、お父さんみたいなタイプだ。

このたびの作業では、私はそれだけはけっしてすまいと心した。が、写真付きだと、つい見入ってしまうのだ。

「若い……」

八〇年代のは、さすがに頰がぷりんとして（この表現が、すでにおやじ）あどけなささえ感じさせる。何たって二十代だものな。

それを過ぎると、後は坂道を転がり落ちるように、肌に張りがなくなり、ときどき、ぎょっとするほどはげしい笑いじわの寄った写真の出現率が高くなる。年齢は、ほんと、残酷だ。自分がいわゆる女としてのピークを過ぎたことが、時系列的な変遷《へんせん》を通じて、はっきりと実感された。

また、写真の貸し出しを求められるとき、カメラマンの名を入れるなどの条件付きでないのでよく使ってしまう一枚は、八九年に写したものであることも判明した。

これはもう、ほとんど詐欺《さぎ》のようなものである。

本を出すことになろうとは夢にも思わなかった頃、人の本のカバーに、プロフィールにある生まれ年からして、あきらかに無理な写真がついているのを見ては、

（そうまでして若く思われたいのか？）

と首をひねった。が、今はわかる。あれは、若く見られたいのではなく、権利関係が面倒くさくない一枚を、ついつい使い回してしまうのだ。

仕事上、写真を撮られる機会は、なくはない。が、焼いたのを貰えるわけではないので、手元に残るのはほんとうに少ないし、プロの人によるものの場合、扱いに何かと気をつかう。かと言って、家族で撮ったスナップ写真では、印刷に耐え得ないだろうし。誰かに頼んで、撮ってもらうべきか。

写真の変遷とは別に、記事の量の変遷も、興味深い。捨てたのもあるので、正確ではないだろうが、仕事量の変遷を、ある程度、反映している。

私の場合、なしくずし的にもの書きになったので、いつをスタートとしたらいいかわからないが、本としては、OLのとき、〝就職活動体験エッセイ〟を出したのがはじまりだ。その後、中国に留学したが、その頃は、記事の内容としては、「就職」「留学」「中国」がらみのものばかり。量もわずかだ。

九〇年代に入ると、それらを離れた仕事も、ぼちぼち来るようになった。が、たぶんシングル女性ということで、編集の方からそういうテーマを出されたのだろう、不向きな「恋愛」のことを書いていたりして、われながら恥ずかしい。

そうかと思うと、中国をはじめ近くの国々を旅行した関係からか、エッセイというよりルポルタージュ的方向のものもあったりする。「週刊朝日」のグラビアで、「ペレストロイカで大流行、ニッポン買い物クルーズ」なんてタイトルで、ロシア人のおばさんたちに秋葉原まで同行し、どうしたことか、写真にまでしっかり写り込んでいる。軟派な「恋愛」と硬派な「海外」物と、仕事内容がかなり、あっちに寄ったりこっちに寄ったりしている。自分でもまだ、

「私はこれでいく」

というものが、人に説明できるほど、はっきりとはつかめていなかったし、また、それだ

けでは、生計が成り立たなかった。

九四年頃から、今の自分からしても「そう外《はず》れていないな」と思えるもので、仕事のほとんどを占められるようになった。一冊めの出版から、十年かかっているわけだ。

たまに仕事で、今日はじめて会いましたみたいな、男性から、

「あなたは、身の回りのエッセイを書いているそうだけど、はじめからそんな小さくまとまらないで、もっといろいろなことに挑戦したらどうなの」

とか言われると、内心むっとする。

(ご忠告はありがたいですけど、私は私なりに、十年間、試行錯誤を続けてきたんです、そのうえで、今の自分にはこれがいちばん合っていると思ってやっているんです)

と言い返したくなる。そういう人に限って、私の過去の本なんて一冊も読んでいないのだ。が、まあ、そういう自分からすればピント外れのような忠告でも、してもらえるうちが花だ、とも言える。

十年間を振り返り、さまざまな思いが胸をかすめつつも、手の方はせっせと動かし続けていたが、ふと目を上げると、時計の針が、二時にさしかかるところ。嘘でしょー、もう？　昼前には終わるつもりだったのに。

昼食が三時過ぎにずれ込んで、分けるところまで終わったのが四時半。これからクリアボックスに入れるわけだが、数が足りず買いにいかなければならないとわかって、どっと疲れ、

これまでに出たぶんの埃《ほこり》を掃除してから、出かける。久々に町へ出ると、各デパートでいっせいに冬物一掃《いっそう》セールがはじまって、そこいらじゅうで安さが爆発している賑《にぎ》わいだ。

心揺らいだが、

（いいや、切り抜きの整理がすまない限り、私に春は来ない）

と言い聞かせ、意志の力で寄り道しないで、足を運ぶ。この季節、町を歩くには、よほど気をたしかに持たないとな。

デパートの代わりに八百屋に寄って、小松菜とネギを買い、冷蔵庫の中のキムチ、豆腐、豚肉とでキムチ鍋の夕飯をとる。再び続き。

切り抜きをクリアボックスにしまい、段ボール箱をつぶして束ね、クリアボックスを立てるスペースを作るため、本棚の本や書類をまた整理して、夜中までかかった。積年の問題を解消し、精神的にはすっきりしたが、見た目にはたいして変わっていないような。

四日の午後を期して仕事始めのつもりが、五日もまるまる片づけに費《つい》やしてしまった。早くも一日半の遅れが出ている。

五日間何も書かず、月半ばには四日間の出張があるから、五十四＝九。ふだんの月三十日かけてする仕事を、二十日ほどでしなければならない計算になる。

おまけに、昨年暮れ、いくつか人と相談を詰めないといけない案件があったが、何かと慌《あわ》ただしく、まとまったことを考えるムードではなくて、

「じゃあ、年が明けてから、改めてご相談しましょう」

と、一月の予定をよく考えずに、何でもかんでも先送りしてしまった。明日あたりから、その電話がかかってきそうだ。

とにかく、明日からは通常業務に戻ろう。

旅の悩みはいつも「防寒」

出張先は中国、広州である。

「中国語なんて、もともとたいしてできないところへ持ってきて、久しく喋ってないが、だいじょうぶか？」

と、それも不安のひとつだったが、現地で通訳さんがつくというので、ほっとした。カメラマンも通訳さんと同じく香港在住の日本人女性。

日本からは編集の人と私が行き、向こうで合流する。女四人の一行となる。

十五日の朝、羽田発、関西空港経由で、十八日に同じく関空経由で帰る。三泊四日の旅である。

羽田には、朝七時に集合だ。四時起きすれば、行けなくはない。が、何かとトラブルの多い中央線、停まりでもしたらアウトである。新幹線のように、次の電車で追いかける、みたいなわけにはいかない。

ここはひとつ万全を期し、前の日、羽田のホテルに泊まろう。頑張れば行ける距離なのに、もったいない気もするが。

出発に先立って、私がもっとも気にしたのは「気温」である。編集の人にも、

「カメラマンの人に連絡を取るついでに、聞いていただけますか」

と、くり返し頼んでおいた。

何でそんなにしつこく知りたがったかというと、過去におよそ取材と名のつくものにおいて、私は「暖かい」思いをしたことがないからだ。春の房総でも、ハウステンボスでも。ハウステンボスは、チューリップ祭に向けた取材で、花に囲まれひと足早い春を迎えるつもりが、震え上がった。二月の長崎は、寒いー。

また、掲載が五月号なので、「初夏らしい」服である必要があった。編集の方で用意したのは、麻のワンピース。

このことあるを考えて、防寒肌着は、上半身用、下半身用、薄い、厚い、さまざまなケースに対応できるよう、各種取り揃えてきた。が、ワンピースがフレンチスリーブなため、上半身は重ね着のしようがない。

その代わり、下半身はワンピースの下にステテコをはき、丈ぎりぎりのところまでまくり

上げて、足がなるべく透けないようチューリップを盾として、風車の前に仁王立ちになるという、なかなかすさまじい図になったのだ。

だいたいカラーページの取材は、発行月のふた月前、「何月号」とある月の三ヵ月くらい前になるので、服装に無理が出る。

都心で四十二度くらいになった夏、よりによってコートの特集があり、ウールのオーバーを屋外で着ることになった。シッカロール状の粉をいくらはたけど、汗がだらだら流れ落ち、化粧がどろどろになる。そこは撮影に適するのか、別のファッション雑誌も来ていたが、あまりの暑さに顎《あご》を出しつつとなりを見れば、そちらはほんもののモデルさんで、首もとまでファーにくるまれながら、汗ひとつかかず微笑んでいるではないか。シャッターの合間に、天ぷら粉のように粉をはたきつけたりするこちらと違い、すべてが粛々《しゅくしゅく》と進行しているのである。

後で聞いたところでは、モデルという職業の人は、毛穴を自分で開閉できるのか、撮影となるとぴたっと汗を止めることができるそうだ。寒いときの鳥肌もしかり。不随意筋を随意筋に変えてしまうとは、何ごとも、プロはすごい。

広州は、基本的には南方なので、寒い方の心配はないはずである。十数年前、同じ一月に北京から行ったときは、暑くてたまらず、北京から着てきた綿入れジャケットを、どこかに置きざりにしたいと思ったほどだ。この間にも地球の温暖化が進んでいるなら、もっと暑いと考えられる。

ニュースの「世界の天気」には、中国だと北京と香港が出るが、広州は香港の方に圧倒的に近い。その香港は二十三度とか出ている。

「さきほどカメラマンと電話したところによると、今日で十九度だそうです。朝晩は多少冷えるって言ってました」

というのが、編集者を通じて十二日に得た情報だ。

冷え性の私は寒いとつらいが、暑いのはがまんできる。

しかし、朝晩が心配だ。「多少」とはどのくらいか。

また、アジアの国は、室内の冷房をがんがんに効かせることが多いので、暑いからこそ防寒肌着が要るということもあり得る。

服の方は、どうするか。

ハウステンボスは、婦人雑誌だったこともあり、編集部が着るべきものを用意したが（むろん、そのとき借りるだけで、もらうのではない）、ふつうは自分でやりくりする。今回もそうである。

気持ちを言えば、旅先で着るものなんて、何だっていいのだが、写真に入る場合もあり得るとなると、そうもいかない。最低限、見るに耐えるものでなければ。

ふだんの服は、こげ茶とかグレーとか、いわゆる暗い色が多い。が、それだと、

「写真上、どこにいるかわからないので、極力明るい色を着てくれ」

と言われた。なので、少し明るめのも備えてはある。

が、撮影をともなう仕事なんて、そうしょっちゅうあるわけではないから、ワンシーズンにつき一、二着。この前、切り抜きを整理したら、ある雑誌の冬の号と、三年前の同じ雑誌の冬の号が、寸分違わぬ服装で写っていて、

「ううむ」

と唸《うな》ってしまった。服装までチェックしている人はいないとは思うが、仕事の態度として、よろしくないか？

個人的には、旅は荷物は少なければ少ないほどいいから、防寒肌着さえ豊富に取り揃えれば、上は着たきりすずめで構わない。

が、前に私のそういう性格を知っている編集者から、

「一応、時の流れというか、見る人が『あ、違う日だな』とわかるくらいのバリエーションはつけて下さいね」

と事前に注意されてしまった。何日もかけた取材が、一日ですませたように思われては、ページの信頼度に影響するからか。

（バリエーションか。難しい要求だな。しかし、それも仕事のうちか。そのうち、まとまった時間のあるとき、きちんと構成を立てよう）

と思っていたが、あっという間に十四日になってしまった。

その日は、間の悪いことに、都心で用事がふたつあり、家に戻ってしたくをはじめたのが、夕方五時過ぎだった。明日の朝は六時起き。夜十時前にホテルにチェックインするには、八時には家を出たい。その間、夕飯も食べないといけないし。急げー。

ズボンは一つでいいとして、長時間飛行機に乗ることを考え、なるべくウエストを締めつけず、かつシワになりにくいのにしよう。茶色のゴムウエストのにする。

すると上は、茶に合って、なおかつ明るめの色でなければならない。となると……黄色のカーディガン。それだ。中は白いカットソーにする。

これで一パターンはできた。さきの編集者の言うように、「時の経過」が表せるよう、もうひとパターン用意せねば。そして、ここからが難しいところだが、さきのをパターンA、作ろうとしているのをパターンBとすると、寒暖の微調整のために、AのインナーはBのインナーにもなり得、万が一、もっと寒かった場合、Bまるごとの上にさらにAのアウターをはおれるなど、二つの間に互換《ごかん》性のあることが望ましい。それでいて、「違う日だな」とわかるためには、黄色ではなく、組み合わせがきくという条件を満たしつつ、別の色にしなければならない。センスのない私には、まことに難度の高い要求である。

「あれがあれだと、これがこれして」

スーツケースから出し入れをくり返すうち、頭がこんがらがってきた。時間だけが刻々と過ぎていく。

もともとファッションに関する思考力がない私は、面倒でたまらず、

「ええい、もう、何だっていい」

と投げ出しそうになるが、ここでやめてはいけない。

スーツケースにどうにかこうにか詰め終えたが、それだけで一時間半かかってしまった。冷蔵庫の掃除のため、キムチ鍋を作って食べ、洗いものもそこそこに家を出る。留守の間、新聞が新聞受けからあふれないよう、箱を設置して。窓は閉めたか。ガスの元栓は？　四日間でも、家を空けるのは結構、神経をつかうのだ。

スーツケースをがらがら引いて、駅へ。ここまで来たら、

(もう後は、パスポートと航空券のみあれば、どうだっていいんだ。とにかく、明日の朝七時に、パスポートとチケットを携《たずさ》え羽田のカウンター前に立っていることが重要なんだ)

と、自分に言って、頭の中を切り替える。

そうして行った広州は……寒かった。

羽田を発つときから、雲行きはあやしかったのだ。朝の挨拶をした後、編集の女性が、

「昨晩、九時頃、カメラマンの人と話したんですけど、七度とか言ってました」

(えーっ、早く言えー)

十九度と七度では全然違う。あっ、でも、その時間は、私はもう家を出た後なので、電話

をもらってもいなかったのだった。

滞在中の四日間、気温はいっこうに上がらなかった。カウンターで預ける前、スーツケースにしまい、

「再び羽田に降り立つまで、これを出すことはないだろう」

と思ったオーバーを早々に取り出して、写真を撮るとき以外は、ずっと着ていた。

南方である広州は、室内を暖房する習慣がないために、どこへ行っても寒い。逃げ場がないのである。

「冷えますね」

「息、白くないですか」

私だけでなく、四人が常に足踏みしながら、手をこすり合わせていた。

今回だけは「防寒」問題に悩まされまいと期待した広州取材も、結局はまた、「気温」に振り回されるはめになったのだった。

二月

言い訳できぬミスにうちひしがれる

人物データバンクの会社からやっと文書が送られてきた。私に関するデータの全面削除を、半月以上前に申し出ていたのだ。

その会社からはもうずいぶん前、「人物レファランスの本に載せますよ」と言ってきたきり、その後十年近くの間いっぺんも、確認が来たことがない。インターネットで検索できるようになったことさえ、知らされていなかった。

他の新聞社などのデータバンクは、一年か少なくとも二年にいっぺん必ず、情報の確認があり、公開か非公開かもそのつどちゃんと聞いてくる。さきの会社は、そうした手続きのいっさいを怠《おこた》っている

自分に関する、はなはだ不じゅうぶんな情報が出回っているらしいとは感じていた。編集者のつけてくるプロフィールに、まるでとんちんかんなのがある。卒業時、どこの会社を受けたとか、どこの会社に就職したとか、「過去」のことに異常に詳しく、現在の仕事についてはふれていない。著書も、今はまったくといっていいほど書店にない本ばかり挙げられてい

る。そのずれ方の方向が、皆、申し合わせたように同じなのだ。

プロフィールとして使いものにならないので、こちらで全部書き直す。まったくよけいな手間である。見当違いなプロフィールが、ファックスで送られてくるのを目にするたび、

「またか」

と怒りがこみ上げてくるのだった。

取材を受けるときも、困る。「過去」の情報をもとにしてくるため、話が全然噛み合わない。あきらかに、おかしな情報があると確信したのは、昨年からだった。一昨年、私は引っ越した。引っ越し後一年間は、電話番号もものにかけると、新番号が案内されるし、郵便物も転送されてくる。その一年が過ぎた後、「迷い電話」「迷い郵便物」が、いちどきに増えたのだ。

「電話番号がわからなくて、出版社に聞いたんですが」

「執筆依頼の手紙を送ったのが、返ってきたんですが」

「雑誌をお送りしたのが、宛名のところに尋ね当たりませんとかで」

届いた届かないの面倒事が、急増した。

不思議なのは、転居後にはじめて仕事をし、新しい住所で名刺交換をした人でもそうなのである。コンピューターで得られる情報の正確さを信じて疑わないのだろうか。

ある雑誌では、女性ライターが家に来て二時間くらいまるでお友だちのように親しげに喋

っていったが、掲載誌の宛先も旧住所なら、経歴も事実関係もめちゃくちゃだった。あんなに長居して、メモもとっていたようなのに、どうしてそんなことを間違うのか、理解に苦しむ。生まれ年まで違っていた。住所はデータバンクで、生年は引き算か何かですませ、確認すらしなかったのだろう。仲良くしなくてもいいから、仕事をちゃんとしなさいと言いたい。

その人は特別としても、とにかく住所違いはあまりに多いので、「検索した」という人にプリントアウトしたのを見せてもらったら、引っ越し後一年半経っているのに、旧住所、旧電話番号のままだった。著書も九二年のが最後である。

(なるほどね)

原因が突き止められた。出どころはこれか。

何だ、こりゃ？　と首を傾げたくなるプロフィールが、次から次へ来るわけだ。住所から違っては、情報の用をなさない。聞けば、これだって一回引き出すのに何百円かかかるという。こんな役に立たない情報に、お金を払っているとは、気の毒なほどだ。

しかし、新住所、新電話番号に直ったら、それはそれで問題だ。パソコンさえあれば、誰でも調べられて、危険ですらある。個人情報の流出がしばしば新聞ざたにもなるのに、安全上問題のある情報が、当人の知らないところで売り買いされていいのか。儲《もう》けるのはデータバンクの会社だけで、こちらにはなんのメリットもないのだ。

電話番号を調べてかけ、全面削除するよう言った。文書で回答しますとのこと。

それがまた、半月間もナシのつぶてで、また電話し、ようやく送られてきたのである。「キシモトヨウコと入力してもヒットしません」とのことだった。

コンピューター時代だから成り立つ商売だろう。

「そんな強気でいいのか。検索して出ないような人には、仕事が発注されなくなるぞ」と言われるかもしれない。それがあるので、多少腹の立つことがあっても、クレームをつけない人もいるだろう。

しかし、そういう、いわば弱みにつけ込んで、基本を怠った商売をしているのは許せない。なんだか妙に興奮してしまった一件だった。


宅配便で封筒がきた。ずしりと重い。

送り主を見て、

（来たか）

某社からの原稿だ。

もう何回も、互いの間を往復している。

去年の八月、ふと気づいたら、雑誌や新聞に書いた原稿が八十篇近くになっていた。自分としては、それをベースに本にしたい。例えばこういうメッセージを込めたものとして、との企画書兼手紙を送ったのがはじまりだ。

世の中の人は、本というのは、編集者が作家のところへ行って、

「先生、ひとつ何か書いて下さいよ」

「うーん、そうだな」

みたいなやりとりからはじまると思っているかもしれない。事実、大学教授なんかのエッセイ集の「あとがき」には、

「この何年かあちこちに書き散らしたものを、何々社の誰君が目にとめ、ぜひ出版させてほしい旨、八ケ岳の別荘にまで再三訪ねて来て請われたため、このほど一冊にまとめることとした」

などと、しゃあしゃあと書く人もいる。はっきり言って、噴飯《ふんぱん》ものである。内容以前に、姿勢として。

本なんて「請われて」出すものではない。「書き散らす」とは何ごとか。ものを書いて食べていない人には、手すさびの感があるのかもしれない。が、間違ってもそれを口にしてはならない。

こういう人は、ほんとうの知性があるのかと疑う。読者に対し、非礼極まりない。自分の名を冠してさえあれば、人はありがたがって読むものと思っている。おごりである。

前に編集者の人から聞いた話だが、大企業の管理職にある人が、経済小説を書いて、読んでくれと持ってきた。向こうがセールストークのつもりか、

「僕はね、この小説がどのように受け止められるかで、日本が試されると思うんですよ」

と言ったとき、彼は思わず立ち上がり、

「バカ者、試されるのはお前だ」

と怒鳴ってしまったとか。その気持ち、わかる。

話がそれたな。どうもこのところ、妙にボルテージが上がっている。データバンクの一件からか。あるいは、何かそういうバイオリズム？

本づくりの話に戻れば、手紙を送った編集者の男性とまず相談したのは、どういう方向性でいくか、ということだった。

分量としては、今あるだけでじゅうぶん一冊になる。が、ただ「枚数が揃いましたので、寄せ集めました」では、本にならない。メッセージと、それが伝わるようなタイトルと構成を考えなくては。

そのメッセージに当たるものは、彼も私もわかっている。ただ、それをズバリ伝える、キーワードが思いつかない。それがつかめれば、タイトルと構成もおのずと決まってくるのだが。

「岸本さんの場合、頑張って頑張って、欲しいものは必ず手に入れようって、感じではないんですよね」

「ほどほど感というか、あくまでも日常がベースで、その中に自分なりのメリハリをつけようと」

「でも、自閉的っていうのでもなくて」

「基本は明るく、居心地よく暮らしていて、それはたぶん、前からできてたわけじゃなくて、年齢なりの心の転がし方を身につけてきたんだろうけど」

「結婚している、いないに関係なく」

「私はたまたまシングルだけど、家族がいようといなかろうと人はやっぱりひとりが基本だから、まず自分で自分を満足させるのが基本というか」

「そういう満たされ方がありますよってとこなんだろうけどね」

お互いに「感じ」はじゅうじゅうつかんでいるが、そのものズバリのキーワードが出ない。だいたい私の書くものは、「恋愛」「仕事」といったはっきりした分類にあてはまらず、とらえどころがないといえばない。そのためいつも、タイトルで悩むのだ。

その会社に本を作ってもらうのは、実は三冊めである。一冊め二冊めとも、増刷にならなかった。はじめに刷った数が売れなかったということだ。

そうすると、著者としては、

(もしかして、ものすごく売れ残り、迷惑をかけたのでは)

と心配になる。しかも、一度ならず二度までも。

今回も、相談をしていいものかどうか、すごく迷い、自分としてはかなり恐る恐る手紙を出したのである。

詳しくはわからないが、企画はすんなりとは通らなかったようだ。特に販売部門との関係で。

この仕事をするようになって感じたのは、出版社も会社であるということ。まったく関係ない会社のOLだった私は、マスコミとか出版なんて、何か全然別の原理で動いているのかと思っていた。

が、まず担当者の考えがあり、上司に相談し、その部門での会議にかけ、さらに他部門とのすり合わせがあり、順々に上へと上げていく、決定の手続きは、私のいた保険会社と変わらないのだ。

はじめの頃は、

「やりましょう」

と言われたのが、どの段階での決定かわからず、混乱することもあったが、

(要するに、ふつうの会社と同じだ)

と考えると、わかりやすくなった。そのへんは、短いながらもOL生活のたまものだと思う。

が、逆にいえば、そうした社内のやりとりに、なんとなく察しがつくために、

(これが、だめだったら、私には次はないな)

と感じている。その意味で、一冊め二冊め以上のプレッシャーがある。編集者はけっしてそうは言わないが、やはりせっかく作るなら、きちんと読者の得られるものにとは、誰もが思うところだろう。

彼は一篇一篇に、

「おもしろさ」

「岸本さんらしさ」

といった評価をつけたり、あるいは、

「三十代後半の現在が現れているもの」

「四十代に向かいつつあるもの」

という軸で分けたり、

「シンプル」

「シングル」

「楽しみ」

「その他」

でグルーピングしたり、私は私でタイトル案を「ひとりブレーンストーミング」するなど、本の方向性を探る作業を続けていた。

そして、八十篇のうち五十篇ほどを選び、それぞれにグルーピングに基づく加筆をし、そのうえでさらに本の方向性をさらに固め、それを補強する書き下ろし原稿を足すことまでは、一致した。

今回原稿が送られてきたのは、その加筆のためである。

正直、封を切るのは、気が重かった。

どの原稿も、いちどは完成させた。話の組み立てを考え、何回も書き直して、

「これで、よし」

とピリオドを打ったものである。それにもう一度手をつけるのは、なかなか腰が上がりにくい。

(新しい原稿を書く方が、精神的には楽かもなあ)

と思いつつ、机の上に原稿の束を置いた。

けれども、いざ着手すると、

「あーっ、こういうことか!?」

と、ビンビンと来るものがあった。

エッセイだから、書かれているのは「何がどうした」といった話だが、そうしたことがらの下に、「そもそも何でそういうものを書いたか」という着眼点みたいなものが、共通してある。一篇一篇で、あえて文字にはしていないけれど、そういうものが、たしかにある。食べ物、健康法、旅先でのことと、題材はさまざまでも。シングルもシンプルも、みんなその上

に乗っかっている。

その共通したものこそが、今現在の私の「私らしさ」なのだ。

「今現在」と断るわけは、同じものを見ても、二十代や三十代前半では、そうは感じなかったかもしれないから。三十代後半の自分の目の向き方というか、それを書き込めば、何でその題材がそこにあるか、はっきりする。

「そうか、そうだったのか！」

何をすればいいかわかった気がして、どんどん進めていった。数行を加えるだけでも、その原稿の位置付けがクリアになり、他の原稿もうまくはまっていく。その実感にわくわくし、「こういうのが、仕事のおもしろさっていうのかな」

とまで思ってしまった。

いちどは完成させたつもりのものを、時間を置いて読み直すことのだいじさも感じた。おおげさなようだが、書かれたものには、書いたとき当人が「こうだ」と定めた以上の、可能性があるのだ。

予定より早く加筆を終えて、いそいそと宅配便で送った。共通したものから「これが、タイトルにもなるべきキーワードではないか」と思ったものも、ファックスしておいた。

その、いわば有頂天な状態から、まっ逆さまに落っこちた（自分のせいで落ちたから「落とされた」とは言えない）のは、宅配便が先方に届いたであろう頃である。別の社で連載したエッセイをまとめることになっていて、その本のタイトルと刊行月が決定したとの知らせがきたが、さきの本とあまりにも近かったのだ。

加筆作業をしていた原稿の刊行日としては、その月をまん中とする前後三ヵ月が、候補に挙がっていた。前の方は、また別の社からの刊行が決まっているので、後の方にするほかない。

相談せねばと、すぐ電話した。その時点での私は、ことの重大性をじゅうぶんに認識していたとは言いがたい。とにかく「あっ、近い、どうしたらいいか」と即、受話器をとった。

問題となったのは、タイトルの方だった。似たタイトルの本が続けて出たら、読者はどう思うか。極端な話、一冊の本にまとめることもできたものを二冊に分けた、と受け取られないか。

会社サイドで言えば、今のタイトル案で急いで作って、向こうの会社より早く出すことはできる。が、それは、読者のためにも、著者のためにもならない。向こうのタイトルが、すでに決定ずみならば、こちらの方を見直そう。

話すうち、

(たいへんなことをしてしまった!)

と頭がくらくらしてきた。あきらかに私のミスだ。

今年は出版点数が多いので、気をつけなければとは思っていた。まさか、もっともきめこまかにやりとりしてきた相手に、作業の途中からのやり直しを迫るほどの、大失態を演じるとは。

「何やってんだ！」

と罵倒《ばとう》され、

「そんなことなら出すのはやめる！」

と言われてもしかたがない。

たしかに、各社それぞれ進行しているので、難しい部分はある。が、どこの会社とどういう本を作ろうとしているか、知り得て、調整する立場にあるのは、世の中でひとり、私しかいない。それを責任もって行えなかったのは、全面的に私の非だ。

刊行月はまだしも、タイトルに関しては、単なるミスではなく、認識不足としか言いようがない。

似ることに関し、読者がどう受け止めるかという想像を、その編集者のようにははたらかせていなかった。

本作りのおもしろさに気をとられ、どこかで注意を欠いていなかったか。

そのシワ寄せが、彼との作業の方へいってしまった。

「ほんとうに申し訳ありません」

さすがの私も、電話口で声が震えてしまった。

「いや、もっと、前向きに考えようよ。あの方向性で、あのタイトル案でということになってたけれど、もういっぺんよく読み直せば、何かもっといいキーワードがみつかるかもしれない。そうすれば読者も裏切らないことになるし」

あくまでも読者と著者の立場に立ち、善後策を協議しようとの姿勢には、頭を下げるほかなかった。

栄養のいい昼ご飯と水中ウォーク

私はあまり落ち込みが長続きしないタイプだが、今回のは相当効いた。データベースの件から、誰が悪いの、ああいう仕事のし方は間違っているだの、人に対し批判的になることが、このところ多かった。が、

「お前がいちばん悪いんじゃないか」

と鉄槌《てっつい》をくらったような。

別の会社で、やはり販売部門とのすり合わせの上、企画が通ったとき、

「岸本さんは出しすぎじゃないかという声も一部にはあったんです」

と聞いたことがあり、そのときは、

（それで通らなかったらまだしも、さあ、どういう本を作ろうかという前向きの話をしているとき、そこに至る経緯まで、耳に入れる必要があるのだろうか）

と疑問に思った。原稿を選んで、自分で企画書を立てることからはじめてと、自分なりにまじめに取り組んでいるつもりの私にとって、「出しすぎ」は「寄せ集め」と並んで、もっとも言われたくない言葉のひとつだった。

しかし、今回の件に関しては、そう評されてもしかたない、注意の足りなさがあったのではないか。

今は、加筆ひとつしようにも、

（こうすると、似ちゃうんじゃないか）

（同じことをしていると思われないか）

と動きがとれない。同じ人間が同じ時期に書いているものだから、スタンスが共通なのはいたしかたなく、メッセージも似ることは似る。どこまでが許容範囲か、考えるほど、わからなくなる。

こんなふうにぐずぐずして進めないでいるのも、プロセスのひとつ。そう思うほかない。

（それにしても、こんなにじとーっとした気持ちになるのは、家の中が暗いからじゃないか）

と、ふだんは自分のいる部屋しか電気を点けないのに、全部点けたり、頭を切り替えるべくプールへ水中ウォーキングに行ったりと、くだらないことを含めてあれこれ試してみた。

何回か通ううち、スポーツクラブのカウンターにチラシが置いてあるのに気づいた。「水中運動健康法公開講座のご案内」。

ストレス解消や成人病の予防に効果が期待されるとか。私の場合、原因がはっきりしているので「ストレス」ではないが、せっかく水中で体を動かすなら、正しい方法を習っておくのもいいか。

「募集対象」のところに「高齢者」の文字が目に入り、

「あの、これって、私なんかだと対象外でしょうか？」

と聞くと、

「よろしければ、一枚お持ち下さい」

家に帰ってよくよく見れば「中高齢者」だった。それなら、りっぱな対象内。質問して、恥をかいたかな。

三月末にあるわけか。その頃は、どんな忙しさだろう。申し込みは、今しばらく保留にしておこう。

今月も、キムチを瓶で買ったため、一月に引き続き、昼はキムチ鍋が多い。

具のバリエーションは豊富で、あるときは小松菜、豚肉、ネギ、あるときはニラ、豆腐、銀ダラ。セリと納豆なんて、強烈な組み合わせのときも。人に会う日には、向かないな。

歯は磨いても、髪にしっかり匂いがつく。この間は、湯気を上げる土鍋《どなべ》を、鍋つかみでそろそろとテーブルに運んだ段階で、夕方に打ち合わせがあったのを思い出し、シャワーキャップをかぶって食べた。

家で仕事の日の昼食は、ワンポットでできるものが適している。材料を次々放り込んでいくだけだから、時間がかからない。土鍋は特に優《す》ぐれ物だ。洗い物がひとつ少なくてすむ。麺類もこれで作って、丼を兼ねてしまう。

土鍋でなければ、電子レンジクッキング。作りおきのおかずが、こういうとき生きる。冷凍してあった豚バラ肉と大根の煮物、ご飯を温め、ピーマンのざく切りあたりをやはりチンして胡麻《ごま》醤油でもかければ、火を使わずとも、まあまあ栄養のバランスのとれた昼になる。

パン食も、たまにする。こちらもおかずは電子レンジで。赤ピーマン、アスパラガス、ベーコンをチンしてオリーブオイルとバルサミコをかける。

「エッセイストの昼ご飯」なんて企画があったら、そのあたりを公開するな。まあ、そんな企画はないだろうけど。

私はヒマ人なわけでもないが、くだらないことをよく想像する。週刊誌の後ろの「わたしのおやつ自慢」「ワールドグルメが惚れた味」などのカラーグラビアは、

(私だったら、あのお菓子を挙げよう)

(いや、和菓子の方が「年齢の割にしぶい趣味」とか「正統派の味を知っている」と思われ

るのでは)

(自分との関係でストーリーを語れるのは、あれか)

(でも、店の人に職業が知られるのは困るな)

などと考え出し、キリがない。むろん、いっぺんもお声のかからぬうち、シリーズそのものが終わってしまったが。

今月は、し残したことがある。店にある服が春物に替わる前に、冬物を買っておくべきだった。三月に初夏の号の撮影がないとは限らない。

冬物と春物は、保温性がどうしてこうも違うのか。セーターもウールからとたんに綿になるし、スカートなんてぺなぺな、シミーズ(この言い方、私も古い)くらいの厚さしかない。あんな薄っぺらなもの一枚で、春の嵐の寒さに耐えよという方が無理だ。

ぜひとも、冬物で何とかせねば。色が明るければ、ごまかしが利く。そう思い、デパートの中のショップに行ったら、冬物はすでに一掃されていた。

昨年は三月に、テレビの書評番組に出たが、そのときも弱った。デパートはもう春物に替わってしまっていたが、スーパーなら残っているかと、となり町のイトーヨーカドーまで出かけた。

綿だけれど、起毛ふうシャツがあり、色も藤色だったのでそれを買い、ウールの白のタートルネックの上にはおって、事なきを得たのである。

放映後、近所で、たまたま見たという人に、

「パープルのお召し物が春らしくてすてきだったわー。ああいうのって、テレビ局が用意するの？」

と聞かれ、

「違うんですよ、着るものがなくて、前日、イトーヨーカドーで千九百円のセール品を買ったんですよー」

と話したら、びっくりしていた。

「だいじょうぶよ、言われなければわからない」

とフォローしてくれたが、わかる人にはわかるだろうな、イトーヨーカドー関係者、ならびにセールで同じ品を買った人には。

この課題は、次の二月に持ち越しだ。

タイトルについては、夕方から水中ウォーキングに行った日の帰り、晩ご飯を外ですませてしまおうと定食屋に入り、野菜ラーメンと餃子ができるのを待っている間、ふっと思いついた。

（え、何々）

（悪くないかも）

（いや、もしかして、相当いいかも）

カウンター席でひとりむずむずしてしまった。

編集の人とは三月早々に打ち合わせをすることになっている。しばらく検討した上で、そのときに提案してみよう。

三月

カルチャーセンターの「先生」に

横浜にあるカルチャーセンターで「先生」をしている。内容は、恥ずかしながら「エッセイの書き方」。一月からはじまり、今月で三回めだ。

きっかけは、昨年十月にかかってきた一本の電話であった。

「『横浜カルチャーセンター』の中村（ともに仮名）ですが」

「はじめまして」

はじめて電話をもらう人にいつものようにそう答えてから、

「あれ、中村さんて、あの中村さん？」

はじめてどころではない、鎌倉の中学校、藤沢の高校で、ともにいっしょだった女性である。中学の二、三年はクラスも同じ、京都への修学旅行は班まで同じで、「鴨川の水質検査」を研究課題とし、五条から加茂大橋まで、試験管を持ってともにうろついた仲である。今思えば、何であんなテーマを考えついたんだったか。

高校に上がってからは、クラスこそ違ったが、文化祭では彼女の属していた合唱部の出し物はちゃんと聴きにいくといった、なかなかディープなつき合いをしていた。大学が別になってからは行き来がなくなったが、カルチャーセンターに就職したとは、人づてに聞いていた。その中村さんからだ。

「あらー、久しぶり」

「お元気そうで」

懐かしむと同時に、

(名字が変わってないってことは、向こうもまだ結婚していないな)

と鋭くチェックした私であった。

生まれ育った鎌倉の、親の家のそばでひとり暮らし、週末には親の家とを行き来しているという、シングル女性によくあるパターンである。そこから横浜に通勤だから、エリアとしては中学、高校時代とほとんど変わらない生活をしているわけだ。

「そう言えば、私、なぜか岸本さんとしていた交換ノートを、まだ持っているのよ」

と中村嬢。

(えぇーっ!!)

なにげなく発せられたひとことだが、私にとってはメガトン級の爆弾発言であった。交換ノート？　いつのこと？　何が書いてある？　まずいまずい。

「親の家に行ったら、本棚から出てきてね。自分のところに持ってきてある」

これだから、エリアの変わらない女は怖い。

私の方はいったい何を書いたんだか、まったく記憶にないところが、よけいに恐ろしい。十代の女の子の秘密のノートだ、ろくなことは書いていないだろう。今は「軽妙な」エッセイで知られる（知られてないか）私が、実は、べったべたの詩などを残していたりして。人には言えない「恥ずかしい過去」を、私はこの人に一方的に握られていたのか。うう。

私の内心の悶えを知ってか知らでか、中村さんは割とあっさり、用件に入っていった。中村さんの勤めるカルチャーセンターで、エッセイの講座を持たないかということだった。

「ええっ、講座として成り立つほど、教えることってあるかな」

エッセイの書き方を教えた経験はある。出版社系のカルチャーセンターで。世話になった編集者がそちらに移った関係からだ。ライターをめざす若い人たちが対象だった。

が、そのときは、話そのものは一時間半。あとは作文だった。それ以上に、話すことなんて、あるだろうか。

「例えば、ほら、旅のエッセイを書いてるじゃない。そういうときの注意点、メモや写真はどうとるかとか、そういったことも入れていけば」

と中村さん。なるほど、そういう内容もありだな。

「どうかしら、いきなり半年間とか一年間となると気重だろうけど、とりあえず三ヵ月、お試し期間ということで」

一回二時間で、月に一回、全三回。それならば、できなくはない気がしてくるから、また怖い。

まずは講座案内に載せるプロフィールをファックスすること、そして近々会いましょうということで、受話器を置いた。

いやー、ほんとうに講座を持つことになってしまったな。よほどの義理がない限り、やらないことにしていた分野だが。

が、考えてみれば、中学、高校六年間を通じていっしょだったともなれば、これは「よほどの義理」と言える。そのうえ、交換ノートを持っているとなれば。向こうは別に、それで脅しをかけてきたわけではないが。

はじめは「無理だ」と思うことを、だんだんにその気にさせるのだから、中村さんもなかなかノセ方がうまい。あの調子で多くの人を講師に引っ張り込んでいるな。向こうもダテに十何年社会人をやってきたわけではないのである。

しかし、心配は心配だ。

私がこれまで、講師というものをなるべくしないできたのには、わけがある。

ひとことで言って、ツブシがきかないタイプだからだ。

人前に立つと、間があくのを恐れ、

（ああ、何か喋らないと）

と焦り、頭の中が煮沸《しゃふつ》状態になってしまう。もともとの話し方が遅いため、人からはそうは見えないらしいが、実はむちゃくちゃ、あがっているのである。

緩急つけて、人をひきつけるようなゆとりはない。ただただ、一本調子に、喋り続ける。

そういうタイプなので、もしも、途中で話すことが尽きたり、あるいはメモの一部を忘れたりすると、パニックになる。

なので、たまに人前で話すときは、

(これで足りるか)

と案じたり、

(メモを入れ忘れてないか。これがなければ、一巻の終わりだ)

と、前の日から何回も鞄《かばん》の中を確かめたり、その心労たるや、たいへんなものがある。

(これはちょっと、引き受けたのは軽はずみだったか)

が、「やります」と返事した以上、後には引けないのだから、あれこれ考えるのはよそう。

中村さんとは、二人の中間点である渋谷駅で待ち合わせ、お昼を食べることにした。東急東横線の改札口で。

高校卒業以来二十年ぶりだが、人込みの中でも、パッとわかった。

「とりあえず、食べるところを探そうか」

「このへん会社が多いから、昼はやたら混むのよね」

劇的な再会シーンもなく、すたすた歩き出す。中学の頃からの友だちとなると、おたがい性格を知りつくしているせいか、たいしてブランクを感じない。

二人とも、中学のときと髪型がほとんど変わらないのも、すごいと言えばすごい。私はひと頃長くしたりしていたが、二十年間でちょうど一巡し、元のスタイルに戻ったことになる。

私はひそかに、

(この場合、店も選ぶな)

と思っていた。彼女は当然、交換ノートを持ってきており、見せられた私は、「うぎゃー」とか何とか叫ばずにはいられない。ある程度、それを許すような、となりの席との距離がないと。

が、ランチタイムの渋谷には、そんなスペースがとれる店はなく、テーブルの間を通るのがやっとの「ユーハイム」に座ることになった。

問題のブツは、その日は持ってこなかったという。私に与える動揺が激しすぎると思ってか。

私はてっきり中学のとき、クラスの女子の何人かで回していたものかと思っていたが、そうでなく、高校のときという。自分につごうの悪いことは次々と頭から消去していく私は、覚えていなかったが、中村さんによれば、彼女と私は、高校に入ってからしばらく二人だけでやりとりしていたらしい。

（おお、そうか、私たちはそんなに仲がよかったのか）

と改めて関係を確認した思いだったが、それをころっと忘れているというのも薄情な気がしたので、

「あーっ、そうだったっけ、そんなこともあったっけねえ」

とごまかした。

心配される内容は。

中村さんいわく、ノートの最初のページに、何でこのノートをはじめるかが、明記してあるという。それは、ずばり「恋愛」のため。高校で中村さんと私は別々のクラスに分かれ、前のように日常的に男の子の話ができなくなったので、このノートでそれに代えるものであるとの目的が、ごていねいにも、ちゃんと記してあるという。

これはますます、逃げられなくなった。

そのうち新聞に、カルチャーセンターの春期講座のお知らせが出た。「岸本葉子　旅のエッセイを書く」。

ほどなく、神奈川県の教育センターの女性から、中村さんを通じて連絡があった。新聞で講座の内容を知り、センターで行う国語科の先生の研修にも、同じようなテーマで話をしてもらえぬか、とのこと。

「センターの方にも、岸本さんと同級生だったという者が何人かいるんですよ」

とのこと。

ひえー。またか。忘れていた神奈川コネクションに、どんどん巻き込まれていく。

しかし、あんな小さい字の告知が出ただけなのに、さっそく連絡が来るとは。新聞に出るとは、やはり恐ろしい。くれぐれも悪いことはしないようにしよう。

当面の心配は、人が集まるかどうかである。前に中国を舞台にした歴史小説を書いている人が、旅行社の依頼を受けて「作家××先生と行く　歴史の舞台を訪ねる旅」というツアーに行くことになったが、申し込み者の出足が鈍くて、はらはらしていた。その気持ち、わかる。

自分の名を出して、最少催行人数に達しなくて、「成立」しなかったら、責任を感じる。そしてまた、ツアーと同じで、どんな人が来るか、フタを開けてみなければわからないところも、カルチャーセンターの怖さだ。

中村さんによれば、「横浜カルチャーセンター」の傾向としては、六十歳代の人が多いという。

六十歳代。自分の親くらいとは言わないまでも、それに近い。人生経験も、年に応じて豊富だろう。ベレー帽に品のよいループタイをしめた、

「私は、俳句の会の同人になって二十年になります」

みたいな、教養人ふうの人がずらり並んでいたりしたら、どっちが先生かわからない。

また、こんな疑いを持っては悪いが、中には「講師いびり」をする人がいないとも限らない。群ようこさんのエッセイに、そういった経験が書かれていた。カルチャーセンターの文章講座にゲストとして行ったら、受講者のひとりの女性から、「あなたは本の雑誌社に勤めていたから、本が出せた」「地方出身者の苦労をわかっていない」などと、ぐじぐじと責められたとか。お金を払ってまで勉強にこようという、向学心あふれる人の中にも、そんな人がいるのだとは。

不安といえば、字が書けなくなっていることも大きい。

前のときも、

「エッセイでは具体的に描写することがだいじです。例えば、その人の風貌」

と言って黒板の方を向いてから、「貌」の字が自分でもあやしくなり、

「す、すなわち、見た目ということです」

とつけ足して、チョークで「見た目」と書いた。

ワープロやパソコンの使用者でないと、漢字を忘れることがあるなんて理解できないだろうから、

「エッセイ云々の前に、漢字を覚えろ」

とお叱りを受けること必至である。

一月に入って、中村さんから「もうじきですけど、よろしくお願いします」の連絡があっ

た。人数的には「成立」したらしい。

「同級生とおぼしき人はいる？」

それも、実は不安要因なので訊ねると、

「いや、今のところ、それらしき人はいない」

リストをめくるような音とともに、そう答えてから、

「でも女性は、結婚して姓が変わっている場合があるからね。わからないよ」

とクギを刺した。

エッセイに「書き方」はあるか

「成立」したからには、準備をせねば。

そもそも、エッセイに書き方なんてあるのかと、思われるだろう。

自分でも、「これさえ、やっておけばオーケー」と言えるものはない。毎回、試行錯誤である。

が、その中にも、知らず知らず「これは、気をつけよう」としていることがある。そのとおりにできているかは別として、なるべく守ろうとしている注意事項が。

人に教えることになったとき、日頃、無意識的にしているそれらを、意識の上に引っ張り出してみた。ことこまかに説明すると、カルチャーセンターの内容そのものになってしまうので、ここではしないが。

箇条書きにしてみれば、ほんと、子どもの作文のような、当たり前のことばかりになってしまう。けれど、おおもとにあるのは「人にわかるように」ということだと思う。

エッセイは、小説と違って、誰にでも書けそうに思えるものだ。

それに対し、私は、たまたま自分が本を出す立場になっているからといって、

「いやー、そんなもんではありませんよ」

と言うつもりは、さらさらない。事実、書く材料は、誰でも持っている。

では、プロとアマチュアの違いは何かとなると、書くときに、読む人のことをどれだけ念頭に置くか、だろう。

「この言い回しで、通じるか」

「こういう例を出せば、ピンときてもらえるか」

と読む人のことを考えながら書く。どんなプロだって、はじめはアマチュアだったのだから、そういうトレーニングを自分に課せば、誰にでも書けるはずである。ただしそこには方法論だけでなく「人は自分と同じように受け止めるとは限らない」「人は自分ではない」、すなわち、自他のけじめがどれだけつけられるか、という認識論とも関わってくるから、少々

難しい。

あまり、追究すると、

「では、そういう当人はできているのか」

と問われかねないので、このくらいにする。

「人にわかるように」するために、私が心がけている具体的なポイントは、前に教えたとき、十項目書き出したものがある。

が、緊張のあまり、喋るのが早くなり、あっという間に十項目が終わってしまう恐れもある。私がもっとも恐れるのは、話すことがなくなって、立ち往生してしまうパターンなのだ。

受講者は、二時間のために、お金を払って来ている。一分でもムダにすることはならぬ。どうでもいいお喋りで間を持たすわけにはいかない。

代わりとして、①から⑩のポイントを、なるほどとわかってもらえるような例文を用意することにした。これまで読んだ旅のエッセイから、適した箇所を探す。

これが、やってみると、なかなかたいへんだった。

受講者には、千二百字の作文を書いてもらうつもりである。

となると、例文もあまり長いものであってはいけない。ある程度の短さで、ひとつのことを言えているものでないと。

すると、そこだけ抜き出しても、ひとまとまりの文章として成立する箇所を探すことになる。

（あの本に、こんな一節があったな）

（あの人の本なら、そういう箇所がありそうだな）

と、頭の中のリストにあっても、家にはすでになかったり。

図書館から借りたり、あらたに買ってきたりして、読み直し、該当箇所にフセンをして、コンビニにコピーをとりにいったりして、二日がかりの作業となった。

一から十五まで番号を振り、中村さんあて、郵便で送る。受講者の人数ぶん、カルチャーセンターの方でコピーしてもらうのである。

「教材の元、届きました」

中村さんから電話があった。

「あれだけあれば、少なくとも一回めはもつかなと思って」

と言うと、

「えっ、三回ぶんじゃないの？」

はじめてなので、どのくらい用意しておけば足りるかも、見当がつかないのだ。

中村さんによれば、先生の中では、私はかなり準備万端整える方だそうである。

不慣れなせいもあろうが、それ以上に、

「私って、意外と気が小さいんだなあ」

とわかった。一回めの講座の日が近づくにつれ、胃のあたりがどよーんと重くなってきた。書く方では、よっぽど締め切りがたて込まない限り、そういうことはないのだが。しかし、そこからが内にこもらない私らしいというか、図々しいというか、人になるべく、その話をするようにした。

「わかるわかる。私もいっぺん、講師をしたことがあるのよ」

ある雑誌の副編集長を務める、同世代の女性は言った。彼女の場合、あれこれと思い悩む暇もない、突然のご指名だった。夕方の講座なのに、昼の三時過ぎになって、編集長からいきなり、

「これこれこういう講座があるんだけど、僕、今日行けなくなったから、君、代わりに行って」

と、有無を言わせず命ぜられたのだ。企業の広報担当向けの研修で、「読まれる記事の作り方」。

(ぎえー、そ、そんな!)

声にならない悲鳴を上げて、とにかく遅刻しないことがだいじだから、会場近くまで先に行っておき「ルノアール」のテーブルにへばりつき、話すことを書き出したそうだ。

会場に一歩入るや、さすが企業相手、背広を着た、上司くらいのおじさんがどっといて、年齢的にすでに圧倒されそうになったが、逃げ帰るわけにはいかない。用意してきたことを、

喋りづめに喋ったという。

「『お宅の雑誌の記事では、できていないことばかりじゃないか』とかいつ言われるか、冷や冷やしたけどね」

窮地に立たされても、なんとかやりおおせたのだ。私も見習わなくてはな。

当日は、講座は六時半からだというのに、朝からそわそわし、他のことが手につかなかった。内容をメモしたノートを、何回も読み、おさらいをする。

六時ちょっと過ぎには、現地に到着していたいから、一時間半みて、四時半に出ればいいか。乗る時間からすると、JRで東京から横浜へが早いが、よく止まることで有名な中央線。安全策として、京王井の頭線で渋谷経由、東横線にしよう。しかし、海外出張のときもそうだが、かんじんなときにアテにできない電車というのも……。

渋谷駅で、階段を昇って降りて、東横線の改札まで来たとき、呆然《ぼうぜん》とした。ホームがまっ黒！　急行電車がまだ着いてもいないうちから、人があふれている。

うっかり忘れていたが、夕方の下りは、帰りのラッシュ。急行で行きたいけれど、講座では二時間立ち通しで話すことを思うと、座って体力を温存した方がいい。

が、各駅もいっぱい。急行の次の次のに並んだが、結局立っていくことになった。

この各駅停車で横浜への道のりが、絶望的に長い。駅を出て、ろくに加速する間もなく、すぐ止まる。中距離電車とはとても思えぬ。

（えーっ、まだ都立大？）

（まだ田園調布？）

という感じで、いつまで経っても目黒区、大田区あたりをうろうろしている。この調子では、横浜なんて永遠に着きやしないのでは。

そしてまた、急行との接続が、異常に少ないのが、東横線の怖さ。小田急線なみに考えてはいけなかった。

そのことを知らない私は、日吉で「後から来た急行を待ち合わせます」とのアナウンスがあったとき、

（うーん）

と迷った末、乗り換えなかった。ようやく座れたばかりだったし、この先でもまだ接続があると思い、

（ま、時間的に苦しくなったら、次の接続駅で急行に乗り換えればいいや。とりあえず、このままで行こう）

と、席を立たなかった。

が、その「次」はなかったのだ。ひとたび、このままで行く判断をしてしまったら、後はもうどんなに悔やもうと、取り戻すすべはないのである。

あれは心臓に悪いな。横浜に何分につくとのアナウンスも、所要時間を示す表も車内にはないのだから。「一時間半くらい」とアバウトに考えず、もうちょっと調べるべきだった。

到着まではらはらのしどおしで、気疲れしてしまった。次回は、四時には家を出よう。

暴露された「恥ずかしい過去」

受講者は二十名ちょっと。思ったより、年齢はばらけていて、二十代の女性もいた。が、だいたいが、私よりは上。誰かの顔にもし、

(何だ、こりゃ?)

という表情を見てしまったりすると、とたんにつっかえ先へ進めなくなりそうなので、なるべく目を合わせないで話す。それでも、地元、神奈川県、

(この人、どっかで会っているような)

という気がしてならぬ女性の顔が、いくつかあった。

用意してきたことを、黒板に書き、いっぱいになっては消し、またいっぱいになっては消して、はしからはしまで何往復したかわからない。まっ白な粉をかぶりながら、ひたすら喋り続けていた気がする。少なくとも瞼《まぶた》を閉じて眠っていた人はいないようで、ホッとした。

今回は、幸いなことに、まじめに耳を傾けてくれる人ばかりで、むろん講師いびりもなくて、「先生」としてはどれだけ救われたかわからない。

「すごかったよ、かしゃかしゃかしゃかしゃかしゃ、チョークが黒板を叩く音がして」

二時間を終えて、粉だらけで戻ってくると、中村さんが言った。事務室にはモニターがあり、教室のようすがわかるらしい。

「中学のときの社会科の先生を思い出したわ。堂に入った雰囲気。実はあちこちで教えてるんじゃないの」

「いやー、もう緊張の連続で」

と答えたつもりが、大一番の後の関取のような、かすれて裏返った声が出た。

話している途中から、

（喉を使いすぎているな）

と感じていた。咳払いがやたら多くなり、後半からは水さしの水をひっきりなしについでは飲んだ。マイクという文明の利器がありながら、ついつい力んでしまうのだ。

終わった後夕飯でもどうかと、はじまる前中村さんに言われ、その日は、急ぎのファックスが来るはずだったので断っていたが、ちょうどよかった。喉ががらがらで、一滴の（？）声すら残っていない感じだった。

ああ、それなのにそれなのに、「で、どうかしら、四月からもう三ヵ月」との中村さんのお誘いを、その場で受けてしまったのだから、まったく私もお調子ものとしか言いようがない。二時間喋りづめに喋っていたハイな状態が続いていて、その延長で、またもノセられてしまったのである。

九時過ぎの上り東横線に乗るや、どっと疲れが出て、空いていた座席に、よろけるようにへたり込んだ。

肩や背中が、もみほぐそうにも指が入らぬほど、ばりんばりんにこっていた。他の講師の人たちは、二時間いったいどうやって乗りきっているのだろう。

私の場合、不慣れなせいもあるが、年齢的な不足もあると思う。これが、還暦《かんれき》を迎えたような先生なら、黒板の前の椅子に座っているだけでさまになるし、やみくもに喋りたてなくても、なにげないひとことで、「なるほど、それがエッセイの心というものか」と、聞く人をして、感得せしめるものがあろう。こちらは、人生経験では、ほとんどの受講者にかなわないので、直接「文章」に関することのみで、迫るしかない。

帰りもまた、永遠とも思われる長い長い時間のかかる各駅停車で、死んだように運ばれていき、若者の携帯電話がピーピー鳴り響く井の頭線の混雑にもまれ、駅近くでまだあいていた店で塩からいラーメンを食べ、十一時近く、よれよれになって家に着くと、ファックスを送ってきた人に、続く電話で、

「どうしたんですか、その声、インフルエンザ？」

と聞かれた。

ふだん使わない声帯の筋肉を、一年ぶん使った感じ。次の日も喉がまだはれていて、体の節々が痛んだ。

二回めからは、やや慣れて、渋谷駅を五時前に出る電車で座っていって、着いた先で時間調整したり、少しはマイクを頼ることも覚えた。

が、ゆとりのないのは相変わらずで、マイクをきつく握りしめ、黒板の前をせわしく行ったり来たり。

「何々さん、どう思いますか」

と「生徒」にふることができず、ひたすら書き、かつ、喋りまくって二時間が過ぎた。

この日は、中村さんと夕飯をとることにしていた。同じビル内のレストランフロアーにある「崎陽軒」に入る。ここのシウマイ（シューマイではなくあえてシウマイと書く）は大船《おおふな》の鯵《あじ》の押し鮨と並び、湘南《しょうなん》電車沿線で過ごした者には、懐かしの味だ。

そして、この日こそ、問題のノートを見ることになっていた。

しゃれっ気のない、ふつうの大学ノートだった。女の子の交換ノートとは、とても思えない。

表紙をめくり、

（あっ、私って結構字がきれいだったんだ）

とまず思った。今とは、似ても似つかない。書ける漢字も、この頃の方が多かっただろう。

なるほど、電話で中村さんが言っていたとおり、このノートの使用目的が、一ページめにまず記されている。「『恋愛』の話をすることにします」と、わざわざ恋愛にカギカッコをつけて。

で、その「恋愛」の中味はとなると、これがもう、お笑いなのである。

二人ともそれぞれ「ほ」の字の先輩がいたようで、

「朝はいつも、何分の電車の何両めに乗るらしい」

との情報や、

「床屋に行ったらしく、突然坊ちゃん頭になっていた。髪を切るのはいいけれど、ため切りしないでほしい」

といったショックが、その日の「できごと」として綴られる。

傑作は、某先輩が「ボンタン」を持っているらしいとの噂を聞いたとき。「ボンタン」とは、応援団のような、だぶだぶの制服のズボンで、当時、湘南地方では、それをはくことは「不良」とされていたのだ。いわく、

「私はとてもショックでした。そんなことで気持ちが揺らぐなんて、心が狭いと思うけれど、先輩にはボンタンをはいてほしくなかったのです」

それに答えて、

「人を見た目で判断するのは、よくないとは思います。でも、やっぱりボンタンを持っているのは不良だと思う」

どちらが中村さんでどちらが私かは、双方の名誉のために伏せておく。

しかし、昔の高校生なんて「恋愛」にも限界があるというか、今に比べたら、ほんと、ガキ。この程度のことで一喜一憂していたのだから。

それでも、今は男性に関心のない私も、この頃はそれなりに色気づいていたと知って、ホッとした。昔からずっと今みたいではなかったのだ。

一方で、女の子の割にたんたんとしていることも、意外だった。「交換ノート」と聞いたとき、何かこう薔薇や憂鬱という字を書き連ねた、詩みたいなものがあったり、思いきり少女っぽい文学趣味が満ち満ちていることを、私としてはなにより恐れていたが、その点はセーフだった。むろん、赤面なしに読めないところは多々あったが、最悪のケースは免れたな、という感じ。

二回めには作文の課題を出し、受講者から中村さん経由で送られてきた。

支離滅裂なのが出てくるのではと覚悟していたが、思ったより読みやすく、折り目正しいものが多かった。

ワンコメントつければいいことになっていたけれど、慣れないせいか、ついあれこれ書き込んでしまい、朝から晩まで、まる一日かかってしまった。私はどうも、話し方にしろ作業にしろ、緩急をつけるのがうまくない。そのことは、この仕事をしてみて、すごく感じた。考えてみればこれだって、添削料《てんさく》は出ないのである。

世間では、人前で話す仕事は、ものすごくギャラがいいと思われている。「講演料がン百万円」とかいう人が、話題になるからだろう。

が、それは例外的なケタ数であり、今回の場合、相手との信義則があるので具体的には書かないが、コンビニやファーストフードで一日八時間バイトしたとして、三日から四日ぶんくらいである。交通費や、この前のように本買ったりコンビニでコピーしたりしたお金は出ない。私のところに限らず、カルチャーセンターは、どこも似たようなもののようである。

二時間で、バイトの三日から四日ぶんとすると、たしかに高い。が、四時に出て帰りは十一時近くになるから、七時間。その日は午前中も準備にあてるから、まる一日。その他にも、教材探しに二日、添削にまる一日と足していくと、うーむ、必ずしも割はよくない。

しかし、「生涯学習」というカルチャーセンターの意義を思うと、高い安いだけで言えないものがある。私は先月もスポーツクラブの「水中運動健康法公開講座」のチラシにひかれたように、もともとおけいこごと願望のある人間だ。ベターホーム協会の一日料理教室にも参加した。カラーコーディネイト講座にも、取材でも何でもないのに、自分で申し込んで出かけていった。

将来、時間にゆとりができたら、絵を習うのが夢である。「横浜カルチャーセンター」のパンフレットをもらったときも、今すぐ行くわけでもないのに、「美術」のページをじっと読み込んでしまった。だから、受講者の立場からすると、料金は低いにこしたことはないことが、わかる。

今月で、ようやく三回めがすんだ。「旅のエッセイを書く」講座は、無事、終了である。ふだんとは違う仕事を通じ、自分の思いがけない弱点をいろいろと感じた三ヵ月間だった。しかし、ホッとしている暇はない。来月からは「身辺エッセイを書く」がはじまる。この「旅」と「身辺」をひとわたりずつやれば、要領がわかって、次からは今ほど苦でなくなるかもしれない。それにしても、横浜がもうちょっと近ければなと思うのである。

こんな本を読みました　春

書評をしていると、本屋めぐりのときの目つきが血走ってきてしまう。

雑誌によって、編集部から、

「この本をお願いします」

とあらかじめ指定される場合と、こちらから、

「この本でどうでしょうか?」

と提案する場合とがある。その後者のケース。

とり上げるのは、刊行されてからだいたい三ヵ月以内のものという制約がある。あんまり前のだと、読者がせっかく記事を読んで本屋に行っても、ないことが多いからだ。

書評すべき本を探す方としては、ちょっと興味を覚えて手にとっても、三ヵ月より前のものでは意味がないから、

「あ、だめか」

と棚に戻す。

そんなふうにして、取る本、取る本、対象外だとだんだんに焦ってくる。締切が近いと、特にそうだ。一日や二日で、そう品揃えが変わっているわけはないと思いつつも、本屋に通

いつめては、何者かに追い立てられているように、冷や汗をかきながら棚の間を回る。

書評が立てこんでいるときは、内容より何よりも先に、発行の年月日（「年」はだいじ。前に日付けが近くて、「やれ助かった」と思ったら一年前のものだったことがある）をチェックする癖がついてしまい、われながら、

「なんと貧しい読書であることよ」

と情けなくなる。

文藝春秋のＰＲ誌「本の話」で鼎談《ていだん》書評をしていたときは、つらかった。鼎談というくらいだから三人で、三冊について評するのだが、本を選ぶのは持ち回りで、三ヵ月にいっぺん、三冊を挙げなければならない。

他の二人の人が最低限読むに耐え、話の場が成り立つものでなければいけないので、必死に本屋を回っては、編集者にファックスを送り、ボツになってまた本屋へ、のくり返しだった。

二年間の任期が終わったときは、

「ああ、もう、三ヵ月にいっぺんの本探しをしなくてすむのだ」

と、どっと力が抜け、本に対する基本的なセンスがない私には、いかに精神的負担になっていたかを感じた。

で、肩の荷を下ろした、フリーな立場で本屋へ行くと、結構面白い本があり、日付けを見

れば、任期中の、

「ない、ない、どうしよう」

と青くなっていた月のもので、案外見落としがあることに気づくのだ。年に三回くらいの割でお呼びがかかる、NHKBSの「週刊ブックレビュー」のコーナーは、やはり鼎談書評だが、こちらはひとり一冊ずつ持ち寄るので、少し気が楽。選定は割と早めで、七月初め収録のを、春に決める。

ちょうど、新刊コーナーに出たばかりのに、ドイツの小説の翻訳らしいが、品のいい文章で、テーマ性もありそうなのがあったので、買って読み、ファックスした。ベルンハルト・シュリンク著『朗読者』(松永美穂訳・新潮クレストブックス)。

この文章が人目にふれる頃は、本の発行からだいぶ経っているから、タネ明かししてもいいと思うが、ストーリーは以下のとおり。第一部で、主人公の少年は二十一歳年上の謎めいた女性と恋におちるが、女性には忌《い》まわしい過去があった。第二部からは、大人になった主人公が、ナチスの戦犯として法廷で裁かれている女性と、再会する。第一部はごくオーソドックスなラブストーリーだったのが、戦争犯罪の十字架をそれぞれの世代がどう背負っていくかという、重いテーマに変わるのだ。そして、その二つの物語を、合わせ絵のようにぴたっと一つに完成させる、パズルで言えば最後の、そして欠くべからざる一ピースが、彼女の秘密、実は彼女は読み書きができなかったという秘密なのである。

この本を挙げたとき、私はそれほど深く考えていなかった。が、決まってから収録までの数ヵ月の間に、この本は各紙誌にわーっと書評が出て、ベストセラーになってしまった。

「まずいことになった」

と、うめいた。こんなに多くの人が知る本になって、へたなコメントをしたら、恥をかく。新潮社の人に頼んで、書評記事のコピーを送ってもらった。するとほとんどの人が、彼女の秘密に関しては、巧みに巧みに筆をよけつつ、話を進めているのがわかった。そりゃ、そうだ。ミステリーの結末をばらしてしまうようなものだから。しかし、それにふれないとなると、説明が非常に、難しくなることも事実である。

当日は、受験生のアンチョコみたいに、紙を用意していったが、持って回ったように話すうち、自分でもわけがわからなくなり、言葉に詰まるや、頭の中がまっ白になり、しどろもどろのうちに時間切れになった。深く後悔。

本選びは、やっぱり難しい。

四月

今年いちばんの「繁忙期」

人事異動のシーズンだ。編集の人たちも、会社員である以上、無関係ではない。私の本を作ってくれていたひとりも、別の部署に移ることになった。

編集者と著者との間には、「担当」というしくみがある。編集のみならず、営業や経理に関するような用事まで、その人を介して頼むことになる。

「自分の本を、三十冊買いたいんですが」

「催しに出るので、会場で本を売ってみようかと」

「印税がまだ振り込まれていないようなんですけど、お調べいただけますか」

など。諸々《もろもろ》の用事の連絡先を、その人に一本化するわけだ。

会社によって、文庫と単行本は違う人が受け持つこともある。連載は連載で、その雑誌の編集者がつく。ひとつの会社に、何人もの「担当」がいるケースも出てくる。

このたび異動になった彼の場合は、文庫の編集にも当たっていた。男性なので、女性の編集者ほど、社外で会ったりする機会はなかったが、二年間に文庫も含めて三冊作ってもらったから、その点では、「ディープ」な付き合いだったと言えよう。

前の担当者から、はじめて彼に紹介されたときは、びびった。

(昭和四十年代生まれの男性か!)

私からみれば「青年」。かつてなかった組み合わせである。

それまでは、担当といえば女性か、男性なら年上、若くても私と同世代の昭和三十年代生まれにとどまっていた。年下の男性とは。

(いったいどう接すればいいのだろう)

今どきのギャルを職場に迎えたおじさんのようだけれど、そのときは、とまどいがあったのだ。

が、当然と言えば当然ながら、別に違う生き物なわけではないとわかったし、さすが若さか、てきぱき働く。ふだんはそう、ひんぱんなやりとりはないが、動き出したら、とにかく早い。スピードだけでなく、帯のセンスなんかもいいのである。

帯とは、本の下の方に巻いてある紙で、あれに書く文言も、「担当」が考える。

背が高く、スマートなシティボーイふうだが、実はすごい鄙《ひな》の出身であることも、やがてわかった。小学校の社会科の話になったとき、

「教科書にクリーニング屋とか出てきても、誰もわかるヤツいませんでした。住んでたところに、クリーニング屋なんか、なかったですから」

昭和四十年代生まれでそれって、すごいかも。都会の三高男と思っていたが、田舎の健康優良児だったか。私にとっては、その方が付き合いやすい。学生時代から、おやじのフェラーリを乗り回してました、みたいな人はどうも……。まあ、仕事だから、どんな人とでも組めと言われれば組むけれど。

今月に入って、異動先の部署からファックスが来た。

「いやー、字の汚さまで、懐かしく感じました」

電話で言うと、

「そんな、過去の人みたいに言わないで下さいよ」

と言っていた。そう、まだ三冊めの本を仕上げてもらっているところなのだ。『マンション買って部屋づくり』（文藝春秋）刊行は五月下旬。

その本までは、彼が続けてフォローして、できたところで次の人に引き継がれることとなった。どんな人だろう。新学期の席替えを前にしたみたいに、ちょっとどきどき。

しっかし、先月後半から今月初めにかけては、忙しかった。今年一の「繁忙期」となるのではないか。その証拠に、手帳のページが何週間ぶんも、ほぼまっ白。

よく、もの書きのインタビュー記事では、

「取材に打ち合わせに飛び回って活躍中の何々さん」

などの紹介文がつくけれど、私らの仕事は、そういったスケジュールいっぱいのときよりも、家にいる日こそが、実はいちばん忙しいのである。外へ出る余裕がない、ということだから。

そこへ、気やすく電話をかけて、

「あ、今日いる？　じゃ、これからちょっと寄るわ」

なんてことになったらたいへんだ。家族にもその旨、理解してもらうのに、時間がかかった。

仕事先の人にも、電話で、

「近々打ち合わせをしたいんですけど、今週の予定はどんなふうですか」

と聞かれ、手帳の白さに、うっかり、

「別に、何もありませんが」

などと答えてしまいかねないので、あらかじめページに大きくばってんをつけておいた。

単調な日々だったな。目が覚めて、顔を洗って歯を磨いてワープロに向かい、昼食を作って食べて書いて、夕飯を作って食べてまた書いて、風呂に入って寝て。朝が来ても、一日のはじまりというよりも、

「さあ、また、続きをやらなきゃ」

という感じ。

常ならば、昼は歩いて十分ほどの街まで食べに出るのを楽しみとしているが、この間は、

さすがにその気も起きなかった。往復の時間がもったいなくて。昼も夜も、冷凍庫に作り置きのおかずを解凍、温め。たまに野菜類を補充するくらい。

一日のリズムも食生活も、同じことのくり返しで、時の経過がよくわからなくなった。ほんとうに、暇さえあれば働いていた感じ。言葉として変だけれど。

これで花粉症だったら、思考力ゼロだったろうな。花粉症ではないのを、感謝せねば。

それでも、睡眠時間は六時間半以上を死守して、栄養のバランスにも注意していたのは、健康を旨とする私らしいといえようか。よく「寝食《しんしょく》を忘れて」励むというが、私の場合、寝食だけは忘れない。

が、過ぎてみればやはり、

(根をつめるのも、ときにはいいが、ずっと続けられるものではないな)

と思う。眠っている間も、夢の中で、

「『三十を過ぎてから、私にとっての、親のプレゼンスは高かった……』いや、『以前は、私にとって親のプレゼンスはそう高いものではなかったが、それが……ったのは三十過ぎてからである』」

などと、語句を並べ換えたり、文章をこねくり回したりしていたので、時間的にはしっかり寝ていた割に、休まらなかった。

赤川次郎さんや西村京太郎さんなんかになると、年に三百六十五日、しかもずっとこういう状態が続いているのだろうから、まったく頭が下がる。一日あたりの執筆時間も、おそらく、私の比ではあるまい。

そもそもなぜ、こんなことになったかと言えば、本の入稿予定が、急に立て込んできたのである。連載が終わったのでまとめることになったり、もっと先と言われていたものが突然くり上がったりで、五月末までに五冊、原稿を揃えなければならなくなった。正確に言うと、三月末までに一冊、四月末までに一冊、五月末までに三冊。

五冊をこれから書き下ろすわけでは、むろんない。書き下ろしのスピードは、年にせいぜい一・五冊の私である。

五冊のうち二冊は、前から少しずつ進めていた書き下ろしだ。二冊とも八割がた終えていて、ラスト二割を残している。

他の三冊は、新聞、雑誌などに載せたエッセイのまとめである。これが三冊とも意外と、加筆すべき分量が多いとわかったのだ。

そのうちの一冊小学館から出る、『もうすぐ私も四十歳』を例にとれば、「できるまで」は、こうである。

二月中頃、出版社の女性から電話がかかってきた。

「この前、連載が終わったばかりのあの原稿、まだよその社へ持っていっていませんよね」

あー、そうだった。うっかり忘れていたが、連載が終わったら、まとめることになっていた。

彼女は前に、その雑誌の編集部にいて、途中から単行本のセクションに異動になった。そのときに、

「私は担当を離れますが、あの原稿は、私のところで本にします」

と言われていた。

原稿はファイルにしまい、

(そのうちまあ、どうにかしましょう)

と思ったきり、何もしていない。

さっそく会って、企画作りをすることにした。近くの喫茶店に来てくれる。

打ち合わせに先立って、彼女は二年間、二十四回ぶんのコピーを見直していた。それによると、内容は次のものに大別できるという。

①マンションをはじめ、住まいに関するもの。家電製品の買い替えや、管理組合の理事会の役員をしたことなども含む。

②エアロビクス、ヨガなどの初挑戦もの。

③通常の日常エッセイ。

「それって、つまりは、何だろう」

分類をもとにし、「傾向と対策」を、ふたりして考える。

②の「挑戦」を「攻め」の部分とするならば、それに対し、①は「守り」ととらえることができるだろう。「備え」と言ってもいい。
③は、私のエッセイの中心となるもので、ひとことで言えば、ひとりでもポジティブに日々を楽しむ。今の私の生きる基本精神というか、①と②を支える土台と位置付けられる。
①②③を通し、次のようなテーマが浮かび上がってくるのでは。三十代を通して、ひとりで生きる心の態度みたいなものやライフスタイルをつくり上げてきた。四十代を前にして、さらに「備え」を固めつつ、一方で「挑戦」の姿勢も忘れないようにしている。すなわち、三十代という「過去」の積み重ねの上に立ち、四十代という「未来」も視野に入れている、「今現在」の自分のエッセイ集。
「そうですね」

「そのあたりになりますね」ふたり、うなずく。考えてみれば、彼女は私より少し年上、しかも独身、「ひとりで生きる四十代」を現在進行形で経験中の人である。

ここまでは、今ある原稿についての確認だが、その方向性でいくなら、本として成立するために、つけ加えるべきものは何か。四十を見やる、ということになると、出てくるものは。

「まず、老後ですよね」

ふたり同時に出た。

「自分のもさることながら、親の老後」

「そう、順番で言えば、そっちが先なのよ。うちなんか……」

ひとしきり老後談議となった。彼女も私も、片親を送り、残るひとりも年をとりつつある。親の老後は、きわめて現実的な問題なのである。

老後、と手帳にメモした。

「次に、お金」

「私たちの場合、子どももいないし、頼りになるのはお金しかない」

「年金も破綻すること必至だし」

「いくら貯めればいいんだろう」

「ローンもあるのに」

お金、とメモ。

「それから、体」

「更年期って、早い人だと四十代で来るんでしょう」

「産むか産まないかの問題もある」

これもメモ。

昼下がりの喫茶店で、いい年した女がふたり「お金が」「体が」なんて、はたの人に聞こえたら、いったい何の話かと思われそう。

「体と来れば、心ですね」

「四十を迎える気持ち部分は、おさえておきたい」

「他の三つを貫くものでもあるし」

メモ。つけ足すべき四項めが出揃った。

「よし」

「これで、見えてきたぞ」

すっきりして、コーヒーのお代わりを頼む。

ふたりとも「男」がらみの話題は、一顧《いっこ》だにしなかったのが、同世代の女性どうしといえようか。編集者が男性の場合、「女性エッセイ」というと即、「恋愛」「結婚」のテーマをふってくる人が多いのだ。「女性」ということと、ほとんど同義語であるかのように。が、若い女性ならまだしも、私たちの年になると、恋愛はあってもなくてもいいくらいの位置付け。基本は、自分の生活なのだ。

以上をもとに、彼女が企画書を作って、月例の会議に出すことにした。ここまでは、あくまでも彼女と私との間の合意事項であって、決定ではない。会議で通らないことも、修正を加えられて決まることもある。

この仕事をはじめてしばらくは、そういう手続きを知らなかった。今も、完全に理解しているとは言いがたい。

何段階の会議を経るかは、会社によって違うので、どこが最終決定か、わからないのだ。

私もそういう点では小心者なので、

（まだ決まりではないぞ、くつがえるかもしれないぞ）

と自分に言い聞かせ、ぬか喜びを防いでいる。

去年、企画を持っていったところは、販売部門との合同会議、局長決裁など、細かいことは忘れたが、五段階くらいあって、合格発表を待つ受験生のような状態が、長く続いた。決まったのは、はじめに打ち合わせしたときから、半年くらい経ってからだった。この仕事は、「ガンガン押していった方が勝ち」みたいなイメージがあるかもしれないが、逆に、そういう時間のかかることに対して、ある程度、のんきに構えていられる性格の方が、向くように思う。

とりあえず、彼女には企画を通すことに専念してもらい、私はその間、他の雑誌等に書いた原稿で、同じテーマでくれそうなものを選んで、送ることにした。

「通りました」

月例会議の後、彼女から電話があった。それでもう決まりらしい。他に比べれば、待つ間は短くすんだが、嬉しいことに変わりない。頭のつくりが単純なので、そういうことがあると、妙にやる気が出てしまうのだ。

具体的な作業にとりかかるための打ち合わせに、今度は、彼女の会社へ行く。それが先月十日。

その結果、加筆すべき分量が、かなり多いとわかったのだ。

彼女の計算によると、本にするには、四百字詰めの原稿用紙で、二百五十三枚は必要である。

連載は、一回あたり五・五枚、かけることの二十四回で、百三十枚ある。あと百二十枚、ほとんど連載原稿と同じだけ、書き足すわけだ。

いや、そういう単純計算でもないな。

連載時は、私の本来のリズムなら改行したいところも、五・五枚におさめるため、かなりきつきつに入れていた。七枚から七・五枚で書きたいことを、無理やり詰め込んでいた感がある。

それを本来のリズムに戻して、かつ各原稿でテーマに関係するところを、よく伝わるように加筆すれば、百六十枚にはなるだろう。

おっと、それに、後から送った原稿もあった。そのうち彼女が取捨選択した結果、五十枚ほど入れられそうなのがあるという。とすると、百六十＋五十＝二百十で、あと四十枚くらいを、書き下ろすわけか。

内容は決まっている。この前話した、「お金」「体」などの四項目。

この既存原稿への加筆ならびに書き下ろしを、いつまでにやればいいか。刊行月の六月から、彼女はざっと計算し、

「月末くらいまでに」

「それって、四月じゃなくて、今月末ですよね」

その日は金曜で三月十日で、来週からとりかかるとすると、十三日からだから、私の頭ではもう中旬だ。

「うーう、あと半月、できるかどうか」

と唸《うな》ると、すかさず彼女が、

「でも今日が十日で、今月は三十一日までだから、三十一—十=二十一で、三週間ある」

これには笑った。強引なポジティブ・シンキングも、私的。やっぱ、似た者どうしなのかな。

「どうしても、書くことが尽きてしまったら、何か方法を考えますから、まずは好きなように書いて下さい」

と彼女。そして、案ずるより産むが易しで、既存原稿にフロッピー上で加筆していったら、それだけですでに、二百四十枚以上になった。規定枚数に達しないことを、もっとも心配していたが、逆に超過する可能性が出てきた。

「あのう、思ったより増えそうなんですが」

そっちの方を案じ、電話で途中報告すると、二百五十三枚は、字をゆるめに組んでの計算なので、オーバーするのは構わないとのこと。

書き下ろしが約四十枚で、計二百八十五枚となり、結果的にはゆうゆうクリアできて、ほっとした。

情けない調べ物

この一冊だけならば、何もそんな昼も夜も机にへばりつくことにはならなかったのである。六月に、実はもう一冊出すことになっていた。こちらは、読書エッセイのまとめ。原稿を揃えるのは、四月いっぱいでいいとのことだった。そう聞いたときは、「助かった！　今月はたまたまいろいろあって、重なったらどうしようかと思ってました」胸を撫《な》で下ろしたものの、

(はて、同じ月の刊行なのに、かたや三月いっぱい、かたや四月いっぱいと、ひと月のずれがあるのは、なにゆえぞ？)

と、いくばくかの疑問があったのも事実である。

そして「やはり」というべきか、既存原稿にチェックを入れたものが、手紙とともに送られてきた。六月刊だと三月末入稿だった、加筆にはどれくらい時間を要するだろうか、それによって刊行月を改めて相談したい……。

（そうじゃないかと思ったんだ）

問題は、この本も、さきのと同じかそれ以上の量の加筆＋書き下ろし作業があることだ。可能かどうか。

前に述べたように、変に小心者の私は、作業に要する時間を、多めに見積もるところがある。

（だいじょうぶか⁉）

と危機感を抱きながらやっていき、実際には、予定より早く終わり、さんざんもったいつけたことを恥じ入りながら、できたものをそっと出す、なんてことがよくあるのだ。それからすると、まだ余裕があるはず？

「できません」と言うことがなによりも不得手な私。向こうは刊行を遅らす可能性もオファーしてきているというのに、

「四月上旬までには」

と返事してしまった。

押せ押せになってきた。というより、自分でそうしたようなもの。

こちらの本は、かつて書いた書評、読書エッセイ、文庫本の解説の中から、エッセイとしても成立し、なおかつひとつのテーマでくくれそうなものを選んで、まとめる。本に関する話だから、当然、とりあげる本の書名、著者名、出版社名は入らないといけない。

ところが、原稿はフロッピーに残っているのに、何という本について書いたかわからない

という、信じられない事態が、往々にしてあることが、やってみてわかった。

なぜかと言えば、例えば「週刊朝日」の書評の場合、書名、著者名などは、本文の外に出す。本文の行数には入れないのである。

すると、後で原稿だけ読んでも、誰の何という本だか、知りようがない。記事の切り抜きをまめにとっておかなかったしっぺ返しが、こんなときに来た。

とりあえず、市の中央図書館に行こう。調べるべきリストを作って持っていく。

図書館の利用者用コンピューターなら、書名がわからなくても、キーワードで検索すれば、一覧が出る。その中から、該当しそうなものを捜すのだ。頼りは、うろ覚えの記憶と、フロッピー上の入力した日付のみ。

まずウィルスの本。「ウィルス」とキーワードを入力する。

画面に、一覧が表示される。「次ページ」のくり返しで、どんどんたどると。

これだ。

『ウィルスの反乱』ロビン・マランツ・ヘニッグ著　長野敬・赤松真紀訳　青土社
内容的には、まさにぴったり。

思い出したが、版元はたしか青土社だった。刊行の年月も、入力の日付とほぼ合う。

（一件、判明）

リストに記入する。

しだいに、リストの下の方へ移っていった。

この方法の限界は、市の図書館にあるものしか出ないこと。所蔵していないと、おしまいだ。

リストに残った最後の最後、温泉に関する研究書で、ついにその壁につき当たった。どうしても出ない。

「オンセン」のキーワードで入力すると、件数だけは、腰を抜かしそうなほど膨大に出る。が、「日帰り温泉」「秘湯を訪ねて」といったガイドブックや紀行ばかりで、それらしきものはない。図書館にはないようだ。

版元がわかれば、じかに問い合わせることもできる。が、覚えているのは、原稿を書きながら、

(聞いたことがない出版社だな)

と思ったこと、刷り部数も少ないのかたいへん高い本だったこと、翻訳本だったことくらい。何の手がかりにもなりはしない。

「週刊朝日」に書いたことは、たしかである。それも、何月何日号とわかっていれば、調べようもあろう。しかし、そこが週刊誌のつらさで、原稿を送ってから、編集のつごうでストックされて、掲載がどうかすると、ひと月くらい先になったりする。何月何日号という日付は、刊行日よりさらに一週間先だから、入力の日付とは、なおさら時間差が出る。

入力日は、九四年十二月十五日。そのくらい前の号だと、図書館にももう現物が残っていないのでは。

書庫のカウンターで訊ねると、案の定、週刊誌は一年ぶんしかとっていないとのことだった。これはもう、築地の朝日新聞社に、半日こもる覚悟で弁当持って調べにいくしかないか。

と、カウンターの女性が、私の手のリストに気づき、

「いったい何をお調べになりたいんですか？」

これは説明が難しい。昔、週刊朝日の書評に出たことはわかっている本のタイトルと著者名を調べたいのだ、と言うと、三十過ぎとおぼしき女性は、いっそうけげんそうに、

「それはいったい何のため？　調べる目的は何ですか？」

目的がわかれば、手だすけのしようがある、ということか。

「実は私は、書評を書いておりまして、このほど、一冊にまとめることになったんですが」

間抜けと言えばあまりに間抜けないきさつを、恥をしのんで縷々《るる》語れば、彼女は、

「あー、それだったら」

さし出した本は、『書評年報』。その年に出た書評の、書名、著者名、出版社、評者は誰か、何に載ったかが、出ているという。そういうものがあったとは！

「何年のですか？　書庫から取ってきます」

と彼女。これも難しい問いである。十二月十五日という入力の日付は微妙で、年内に載っ

たか、一月に回されたか。

九四年と九五年の両方出してもらった。

めくっていくと、あ、これ、これ。九五年だ。

『世界温泉文化史』ウラディミール・クリチェク著　種村季弘他訳　国文社
評者は「岸本葉子」。間違いない。しかし、こういう調べ物で自分の名前を見るのも、妙である。

礼を言って、『書評年報』を返す。便利なものがあるものだ。この先も、おおいに役立ちそう。

が、一方で、

（もう、こういう調べ物はしないですむに越したことはないな）

と思った。結果的には、この温泉の本をめぐる原稿は、大騒ぎの挙げ句調べがついたものの、枚数のつごうで、ボツになったのである。

そろそろパソコン

それにしても、予想外に手がかかった。

今や本は、フロッピーで入稿するのが主流。紙にプリントアウトしたものとともにフロッピーを渡すと、それがコンピューターにかけられれどうのこうので、原稿をもとに活字を拾うより、格段に早く、安く、かつ間違いが少なくできるらしい。

すると、今度のような本の場合、こういうことが起きる。

温泉やウィルスの本と逆パターンで、記事の切り抜きは残っているのに、原稿をフロッピーから消してしまったらしいケースがある。あるいは、まだ手書きだった時代に書いたものとか。それらについては、フロッピーを渡す前、あらたに打ち込まなければならないのだ。

かつて自分の書いた記事を横目で見ながら、そのとおり入力していると、気ばかり焦って、何かむなしい。しなければならないことではあるが、基本的には、手だけの作業である。他に、頭も使って書かなければならない原稿がたくさんあるのだ。

(お金があれば、バイトを雇い、その人にやってもらいたい)

と音を上げそうになる。

既存原稿の加筆も、調べもの続出だった。例えば、みうらじゅん、いとうせいこう著の角川文庫『見仏記』。それをとり上げたエッセイの中で、「如意輪観音」「文殊菩薩」のエピソードを引いたところ、

「何寺ですか?」

と編集者からのチェックが入っている。えっ、そういうインフォメーションも要るの?

私はただちに書店へ走り、角川文庫の棚の前で二百何ページをフルスピードでめくって立ち読みし、該当箇所を捜すのである。本屋にあったからいいようなものの、マイナーな本だったら、お手上げだ。

あちこち駆けずり回るはめになったが、インターネットなら、もっと効率的に調べられるのだろうか。私はいまだワープロだ。この頃では、雑誌に載せるような短い原稿まで、

「Eメールかフロッピーで送ってくれ」

と言われることが多く、仕事がしづらくなってきた。手書きの人には、どう対応しているのだろう。

ようやっと読書エッセイの原稿とフロッピーを渡し終えた。これからは、先方がたいへんである。私の入れた書名、著者名、出版社名が正しいかどうか、全部チェックしなければならないのだから。担当の男性に、

「手のかかる本を担当されることになりましたね」

と言うと、

「いえ、もっと手のかかるのもありますので」

文句をつけてくるでもなく、受けてくれて、ほっとした。

そう言えば、彼も年下。

二年間で、出版関係者の低年齢化が進んだか。いや、自分が年をとったと言うべきだな。

五月

書店に「偵察」に行く

連休初日、四月二十九日の午前中、単行本の校正刷り二冊ぶんが違う会社から相次いで届いた。まるで申し合わせたようなタイミング。すごいよな。両者とも揃って、

「連休中働け」

と言っているようなもの。

二十八日金曜の午後になって、それぞれの担当者から、

「校正刷りが出ましたので、これからすぐ、宅配便で送らせていただきます!」

と声を張った電話が入った。滑り込みで著者に渡すことができ、自分たちはさあ、せいせいしてお休みだ、みたいな気合を感じてしまった。この状況、年末年始と似ている。

今年は暦《こよみ》からして、連休の中日の五月一日と二日を休むと、九連休という大型連休になるのである。ゴールデンウィーク中は印刷所も動かないから、その間を、著者の作業に当てるのは合理的と言えば合理的だが。

戻しは、二つとも、連休明けの月曜、八日。他に八日締め切りの原稿が二つあり、また一

日には、カルチャーセンターから二十名ぶんの添削課題と、五月中に加筆すべき、本一冊ぶんの原稿が、出版社から届くことになっている。結構な分量だ。

会社員の夫がいたら、もめたかもしれない。

「せっかくの連休なのに、何を忙しがってるんだ。俺はふだんめったに休めないんだぞ」

「そんなこと言ったって、しかたないでしょう。私の仕事は、盆も正月もないんだから」

なんて、夫婦ゲンカを仮想している場合ではなかった。

仕事の他、親の家にも行かないとと思うし、この機に、衣替えもしたい。世間はとっくに春夏の服に変わっているのに、クローゼットはまだ、冬のまま。寒がりの私は、ついこの前までウールのセーターを着ていた。

それにしても、暖かくなったものだ。ワープロに向かうときも、四月はまだときどき机の下で足温器をつけていたが、この頃はコンセントを抜きっぱなし。仕事部屋に面した庭の芝生も、雑草が目立つようになってきた。

まずは、冬物衣料をしまうことからと、近くの店に、毛糸用の洗剤を買いにいったら、一本残らず売り切れていた。皆、考えることは同じなのだな。

これでまた、計画がずれる。

オーバーやジャケットは、クリーニング屋に持っていこう。たしか有効期限が五月十日までの、三〇パーセントオフの券があった。

これが、重いのだ。いちどきに運ぼうとすると。しかしこういうのは、いっきにカタをつけなければ。

車付きの鞄に詰めて、引っ張っていくと、知り合いとすれ違うたび、

「ご旅行ですか」

「いってらっしゃい」

と言われた。ゴールデンウィークらしい挨拶だ。

今年の連休は、陽気がよくて、雑草がめきめき育った。が、八日までの間はついに、そっちまで手が回らなかった。

めでたく原稿その他を返し終えた十日に、ようやく庭に出る。今年初の草とりだ。ゴム手袋をし、芝刈り機と鎌と竹箒《たけぼうき》とを総動員。木の方の伸びすぎた枝も、高枝バサミでちょっきんちょっきん切り落としたら、翌日、腕が筋肉痛になった。

マンションの一階のおまけのような、わずか三十三平米の庭だが、これから夏は、草とりに追われる。仕事がら、どうしても家にこもりがちな私には、適度な運動になるから、いいとしよう。

二十日は、単行本の発売日である。一月は文庫、四月は新書だったので、単行本は久しぶりだ。

朝刊を開いたら、一年とひと月ぶりかな。広告が載っていた。

ふだんは、発売日から数日間は、どきどきして新聞をめくる。

（広告があるかどうか）

と期待と不安に胸ときめかせる。

出版広告は、二面か三面に掲載されることが多い。めくって、最初に出てくるページ。その「めくる」というプロセスがはさまるのが、いやが上にも期待を高める。

ないと、少しがっかりし、

（もしかしたら、広告が多くて入りきらずに、イレギュラーで五面に回されたかもしれない）

そこにもないと、さすがに、

（少なくとも、今日は載らないのだ）

と悟る。そんなことが数日続くと、あきらめムードになってくる。経費節減の折だ、広告は出さないのかもしれない、と。

著者にとって、宣伝をしてもらえるかどうかはかなり重要で、店頭に並ぶ本なんて、世の中の出版物の、ほんのほんの一部にすぎない。どうかすると存在すら知られず、終わってしまう。

けれども、掲載には当然お金がかかるから、結果として投資を回収できなければ、出版社にとっては意味がない。

著者によっては、

「僕がまる三年もかけて書いた本なのに、なんでこんなに広告が小さいんだ！」

と文句をつけることもあるらしいが、「僕が」いかに労力を傾けたかではなく、費用対効果の問題である。

発売日よりも数日あとに、広告が出るパターンが多い。

今回の本は文藝春秋だが、五月は二十一日に出る本があるらしいことは、PR誌により、知っていた。

(すると、広告は早くても、本が出揃う二十一日だろう。けれど、その日は日曜日だから、まあ、週明けの月曜か火曜くらいではないか)

と見当をつけ、その頃には、注意して見るつもりでいた。

なので、二十日はまるで期待せずにめくった。すると、三面にマルに「文」の字の文藝春秋のマーク。その下に、池澤夏樹さんの先月に出た小説のタイトルがある。左はしには、浅田次郎さんの『壬生義士伝』。どちらも「各紙誌絶賛」「反響続々！」とあり、

(なるほど、既刊でも好評のものは、こうしてくり返し広告を出すのだな)

と感心した。が、右はしは、佐野眞一さんの『凡宰伝』。

(あれっ、これ、私のと同じ日の発売じゃなかったかな？)

と慌てて、順に目で追うと、池澤さんのタイトルの下、広告のまんまん中に、私めの顔があるではないか。

気づかないものだなあ。あまりにまん中すぎて、目に入らなかった。人間の視覚の妙。この際、どうでもいいこととは思いつつ、当人としては、写真そのものに見入ってしまう。やっぱ、皺《しわ》は歴然だ。

若さがないのは、皺のせいだけではない。何というか、顔つきが図々しいのである。歯ぐきの出た口もと。それに、鼻のだだっ広いこと。この角度から撮ると特に、鼻の低さが際立つんだよー、と訴えたい。

が、顔の美醜は本人の責任として、こうして広告してくれるのは、ありがたいことだ。私の本一冊だけでは、とてもこうはいかない。月に何点も出す会社ならではである。並んだ中では刷り部数が少ない方なのに、中央に配置してくれたことにも感謝せねば。

しかし、こうしっかり広告してもらったら、売れなくても、人のせいにはできなくなったな。

私は営業担当ではないので、自分の本が店頭にあるかどうか確かめたり、売れ方を気にしてじたばたするのは、みっともないという美意識がある。そうしたことには、いささかも動揺せず、泰然自若《たいぜんじじゃく》としていたい。

なのに、広告の出たその日、思わず書店に見にいった。のみならず、冊数まで数えてしまった。

言い訳をすれば、そのためだけに、わざわざ出かけたわけではなく、たまたま電車に乗る用事があったので、ついでに駅ビルの中の本屋に立ち寄ったのだ。

新刊コーナーになく、文芸にもなく、女性エッセイにもなく、ノンフィクションのコーナーにやっとあった。『マンション買って部屋づくり　岸本葉子』。表紙を上にし、積んである。

首を九十度横に傾け、何冊あるかと数えたら、十二冊。

十二冊とは、中途半端な数である。十五冊入れ、三冊売れたのなら舞い上がってしまうけど、私の場合、半日で三冊出ることは、まずあり得ない。何も仕入れは、五の倍数みたいなキリのいい数とは限らない。はじめから十二冊と考えた方が、常識的（私にとっての）だ。

両わきは、住宅評論家と元不動産会社の人による、『これから買うなら一戸建て』『つくった私が教えるマンション選び』の二冊で固められていた。かたや住宅評論家、かたや元不動産会社の副社長による本。うー、私の本は、基本的に読み物なので、読者が実用書と並列的な情報を求めて、手にとると、かなりつらい。

自分の本がどの棚に置かれるかは、難しいところで、前に『ボーダーを歩く』(コスモの本現在は『異国の見える旅』と改題し小学館文庫）という旅エッセイを出したときは、「文芸」にも「女流」にも「紀行」にもなく、「軍事・防衛」の棚にようやくあった。『つかず離れず猫と私』という日常エッセイのときは「園芸・ペット」に分類されたことも。

十二冊と数えてしまったことの弊害《へいがい》は、それを基準にして、何冊減ったか、定点観測をはじめかねないことである。時間と精神的エネルギーのむだなので、それはしないことにした。

気をもんだところで、売れるときは売れる、売れないときは売れないのだから。

なのに、次の日曜もまた「偵察」に行ってしまったのは、これも言い訳だけれども、同じ駅ビル内の肉屋で、買い物をしたからだ。安くてスピーディーなので、このへんの奥さんたちのご用達なのである。

十一冊だった。夕方六時。日曜のこの人出で、一冊しか売れなかったとは。前途多難。

家に帰り、袋から、角煮用の豚バラ肉を出していると、ピンポーンとドアチャイムが鳴った。

近所の、仲のいい奥さんだ。私と同じ肉屋の袋を下げている。

「お食事前のお忙しいとき、ごめんなさいね。これ、買ったのよ。悪いけど、サインいただけるかなと思って」

取り出した本にかけてあるのは、なんと、私が今しがた立ち寄った書店のカバーではないか。

「これ、もしかして、今日お買いになったんですか」

「うん、今、買ってきたところ」

二日間でたった一冊しか売れなかった、その本を買ったのは、この人だったか。

そう話すと、

「あら、だって、私はほんと、たった今だから。帰りがけに寄ったんだから」

肉屋の袋をわざわざ示し、時間的に考えて、本屋には自分より私が先に行ったはず、と強調する。すなわち自分以外にも、誰かひとり買ったはず、と。

エプロンで手を拭き、サインをすると、

「ありがとう。入院で暇を持て余しているお友だちがいるから、その人にあげるわ」

ご婦人は帰っていった。

彼女の言葉はそのとおり受け取ろう。まあ、売れたのが一冊だろうと二冊だろうと、大勢に影響はないのかもしれない。ちなみに『凡宰伝』は昨日二列に積んであったのが、今日はすでに一列になっていた。

そういえば、前にちょっと似たことがあった。

私の本を作ってくれた女性が、発売日の次の日の日曜、デパートの七階の書店に行った。担当としても、売れ行きは気になるのだ。すると目の前で老夫婦が、自分の編集した本をすっと取って、レジへ持っていくではないか。

「長年この仕事をしているけれど、買ってくれる現場を目撃したのは、はじめてだわ」

月曜日、興奮して電話をかけてきた。

が、状況を聞くうちに、ある符合に気がついた。

「それって、何時頃の話?」と私。

「午後の三時頃かな」

「三冊あって、その人たちが買って、二冊になったんじゃない？」

「えっ、そうよ。どうしてわかるんですか」

間違いない。親である。彼らはちょうどその時間帯、同じデパートに行ったと言っていた。

そして、

「書店に、あなたの本が三冊出ていて、一冊買いました」

と、その晩電話で報告があったのだ。

身内にしか、売れないかなあ。

憧れの？印税生活

こんなことを気にするのは、別に儲《もう》けたいからではない。ひとえに、この仕事を長く続けたいからである。

印税というのは、実売ではなく刷った部数に応じて支払われるので、収入としては、初版分はすでに確保されている。が、刷るだけ刷らせて、出版社に損をかけては、次の本の相談ができない。「どのツラ下げて」とは、向こうは思わないだろうけど、こちらとしては、そういう気持ちになる。

先方だって慈善事業ではないから、仮に担当者が私の書くものに理解を示してくれるとしても、出せども出せども赤字では、しまいに「ちょっと、うちでは難しい……」となるだろう。仏の顔も三度までと言うし。

文庫はまだしも、単行本については、初版売りきるかどうかが常に危ぶまれる私としては、一冊ごとにボーダーラインに立たされていると言える。この会社とは、次はもうあり得ないのではないか。やがて、そういう会社ばかりになったら……。結婚しない人生は考えられても、ものを書かない人生は今のところ考えられない私としては、かなり深刻な問題なのだ。

ベストセラー作家でなくていいから、安心して本を出せるようになりたい。初版ン万部をめざすより、初版七千で必ず増刷がかかるというのが、私の理想。

先月の新書のときも、実は書店に見にいっている。講談社＋α新書で、創刊第二弾だった。第一弾は、結構ハデに並んでいたので、このときも、少し期待があった。新聞広告の原稿も、担当から見せてもらっていた。

発売は二十日。翌二十一日に、駅ビルの本屋に足を運ぶと。

棚にはまだ、創刊第一弾のものばかり。当日ではなく、一日経っているというのに。

よくよく見ると、第二弾の六点のうち、永六輔さんの本だけが、第一弾のに混じって置かれていた。たしかに、永さんのは間違いなく売れるだろうけれど、こう扱いに差があるとは。

新書は、少なくとも当月刊のものならば、すべて並べるのがふつうである。

もう一軒回ると、状況はまったく同じだった。六点のうち、永さんののみ。それ以外のは、仕入れないつもりだろうか。一軒ならまだしも、二軒ともそうだとすると、看過《かんか》できない。

カウンターで訊ねてみた。

「すみません、『講談社＋α新書』の四月のは、まだですか？」

言ってから、新聞広告はまだ出ていないことにハッと気づいて、宣伝もしていない本をなぜ知っているのか、怪しまれてはいけないと、

「PR誌に、二十日に出るとあったので」

とつけ加えた。

「何ていう本ですか」

「えっ」

意表を突く質問だった。

「『ちょっとのお金で気分快適な生活術』とかいう……」

声が小さくなる。

「著者名は」

「岸本葉子……だったと思います」

下を向いて答えた。

献身的な女性店員は、ボールペンで書き留めるや否や、奥の方へ走って消えた。しばらく

して、息せき切って駆けてきて、

「たいへんお待たせいたしました！　ありました！」

肩を上下させている。

「入荷はしておりましたが、店頭にはまだ並べていなかったようです」

その本は、著者の私には、すでにもらっていて、見覚えのある本なのだ。

騙《だま》したようで悪い気がして、買うはめになったが、レジでお金を払いつつ、

（入荷したなら、出しておいて下さいね、発売日はもう過ぎているのですから）

と、いちばん言いたいひとことを、胸に呑み込んでいる。

お釣りをもらい、店のカバーをかけてもらった本を、バッグの中に入れようとして、また
もハッと思い出す。表紙を折り返したところに、顔写真がついているのだった。

カバーをかけるとき、わかったか。いや、これまでも何度となく「偵察」に来ているから、
すでにばれているのかも。

前に某書店の売り場責任者と話す機会があったとき、

「作家の方で、『私の本の並べ方が悪い！』と直談判に来られる方は、よくいらっしゃいます」

と言っていた。

「たいへんですね」

「いえ、それだけ、私どもの店をよくご利用下さっているということですから」

と大様なものだった。

そのときは、

(だから、もの書きは世間知らずと言われるんだ)

と思ったが、私のように第三者を装い、こそこそするより、そちらの方が、よっぽど性格がいいと言える。

姑息《こそく》な手段と言えば、前は、本を移動させたりもしたな。

出たばかりの本なのに、棚のすみっこにねじ込まれ、あまりに肩身が狭そうで、哀れをもよおし、新刊コーナーに何十冊と積んである本のいちばん上に乗っけてきた。

ある編集者に話すと、

「当然ですよ。僕なんか、もっと悪質なこともしました」

書店の外に、「今週のベストセラー」のコーナーがあり、ガラスケースの中に一位から十位までの本の現物を、飾ってある。そのケースを開けて、自分の作った本と入れ替えたとか。

そうなると、ほとんど犯罪行為。

しかし、さきの某書店の人によると、そういう「細工」も、店の側には、全部お見通しという。置き場所が変えられた形跡を見ては、

「あっ、誰々さん、また来たな」

と思うとか。そう聞いて恐れをなし、以後、私は並べ方には手を出さなくなった。

月曜日、本を買った人とは別の、近所の親しいご婦人がやって来る。圧力鍋の「講習」を受けるため。教えるのは、私である。

きっかけはひょんなことからで、彼女が銀行で待つ時間、備えつけの「オレンジページ」で、私のエッセイを偶然読んだ。圧力鍋が欲しくなっている、という内容。

彼女もちょうど導入を検討中だった。「その後、買いましたか？」との手紙が、私のポストに入っていた。

返事を書いた。「圧力鍋は、今の私にとってもっともホットな話題。うちにいらして現物をご覧になりませんか。そして、とくと語り合いましょう！」

で、来訪となった。

試作のための、豚の角煮の材料一式を携えてきていた。昨日の人と同じ肉屋の袋。

圧力鍋は、そのエッセイのあと購入し、なくてはならぬものになっている。一月、二月のキムチ鍋ブームに代わり、豚の角煮とそのアレンジが、今の私の食生活の主流。

火を止めて蒸らす間、お茶を飲みながら、出たばかりの本の話になる。彼女にも差し上げたのだ。

「この一冊で、今年はもう働かなくていいくらい？」

と聞くので、

「とーんでもない」

窓拭きのモーションのように大きく手を振った。本を出して入る印税は、刷り部数×定価×〇・一。うち一割は源泉徴収されるので、さらに×〇・九が手取りである。定価千何百円で、部数が六千とか七千とか言ってるくらいだから、推して知るべし。そう説明すると、

「へえ、そうなの」

と意外そうだった。

印税生活というとなぜか頭に「憧れの」「夢の」「優雅な」といった形容をつけて語られることが多いけれど、現実は、そのようなもの。

その日も、私はいけないとは思いつつ、ついつい駅ビルの書店へと、足を向けてしまった。冊数を確かめたいのに、私の本の前にちょうど男性が立ちはだかり、『これから買うなら一戸建て』に読みふけっている。どいてくれー。

男性の両脚の間から見やれば、瞬時には判断がつきかねるが、どうも奇数。近寄って、下から「二の四の……」と手を尺取り虫のように這《は》わせて数えられたらいいが、そうなるともう、挙動不審だものな。

下から六冊めで向きが変わっている。上のを数えれば、あー、十一冊。やはり売れたのは一冊だけだった。

前途いよいよ多難。わが命運もここに尽きたり？　拾う神の割合がだんだんに少なくなるのが怖いところだが、捨てる神あれば拾う神あり。

が、今のところ、仕事がないわけじゃなし、目先のことだけ考えよう。気にしてもキリがないので、「偵察」は打ち切り。こんなことに一喜一憂しているより、その時間何か書く方が、ずっと生産的である。

私もまだまだ人間が小さい。好きなことを続けるには、前のが売れようと売れなかろうと、次の企画を思いついたら、抜け抜けと相談に行くくらいの図太さが必要だろう。

六月

パソコンを買いに

先月で本づくりを終えた会社の、新しい担当者と引き継ぎ。単行本の企画について話そうかと思ったら、当分は文庫でと、現段階では相談に応じられない旨、やんわりと告げられ、うちひしがれる。うーむ。道は険しいか。

今月本を出す会社から、

「初版は一万部となりました」

と連絡がある。一万部からはじめるのは、恥ずかしながら五年ぶりで、喜ばしくはあるのだが、近頃何かと萎縮《いしゅく》している私は、売れ残る心配の方が先に立つ。まさか「減らしてくれ」とは言えないが、

「大量の在庫を抱えて、今後お付き合いいただけなくなったらどうしましょう」

ともらすと、

「ハハハハ。そうならないように、しっかり広告しますから」

と、「金」だの「体」だのについて、喫茶店で堂々と語り合った女性編集者は、あくまで豪

快なのだった。

いささか弱りめの私。だが、落ち込みは禁物だ。こういうときこそアドレナリンだか脳内モルヒネだかを、盛大に出さなければ。八月に出す本の担当者と、まえがきとあとがきについて、電話で話し合う。

「それぞれ、四百字で何枚くらい書いたらいいでしょう？」

「まえがきは三枚、あとがきは、六枚、いや七枚くらいほしいいな」

よしきた！と、受話器を置いて、奮い立つ。私も単純な人間で「四百字で何枚」との具体的な目標が設定されると、鼻づらにニンジンを下げられた馬のように、俄然《がぜん》やる気が出るのである。

今月は、いよいよパソコンを買うつもり。これは、長い長ーい間の懸案《けんあん》だった。

原稿はワープロで打ちプリントアウトしたものを、ファックスで送る方式を十年来とっている。が、ここ数年、とみに仕事がしにくくなってきた。Eメールで送信するか、さもなくばフロッピーを送ることを求められるのだ。向こうにすれば、文字をあらたに打つ手間が省《はぶ》ける。

しかし、本一冊ぶんの原稿ならわかるが、四百字の原稿用紙でたかだか二枚か三枚ぶん。連載をしているところならまだしも、一回きりのお付き合いだと、つい、

（それくらい打ってほしい……）

と思うことも、しばしばだ。フロッピーを送るとなると、何かと気をつかう。万一の場合を考え、その原稿だけ別のフロッピーにコピーして、割れないように荷造りし、到着に要する日にちを計算し、宅配便か郵便で出しにいく。ファックスするだけですんでいたのに比べ、たいへんな手間だ。フロッピーが何枚あっても足りないし、締め切りも早まるのと同じ。

近頃では、さらに要求が高まり、単にフロッピーを送れだけでなく、DOS変換したものを送れと言われるようになった。

ワープロ付属のマニュアルの「拡張機能編」によれば、変換には、市販の「MS-DOSフォーマット済の2DDのフロッピーディスク」が要るらしい。そうと知って、送らなければならない日の前日の夕方、近くの家電量販店に探しにいった。が、2HDしかない。マニュアルには「2DDタイプ以外のものは使用できません」と、わざわざ注記してある。

これは、都心のパソコンショップまで足を延ばさねばならないか。

閉店近い商店街を、あちこちで響くシャッターの音に急かされつつ歩き回っていて、ふと、(どうしてこんな、印刷所の肩代わりみたいなことまでしなければならないのか)と疑問を感じて、帰ってきた。こんなことなら、いっそ手書きのままでいた方が楽だった。

しかし、あらたに打つ労力の節減＝コストの節減＝出版物の価格を下げることに役立つなら、本が売れなくなっている折、少しでも協力するのが、業界に身を置く者の務めやも知れぬ。

ファックスを送る際の上書きにも、

「お手数かけて申し訳ありませんが、ファックスで送らせていただきます」

などと、以前にはなかった断り書きを、ついつい記すようになってきた。どちらに非があり、どちらが正しいといった問題ではなく、要するに時代の流れなのである。

私がいまだパソコンを購入していないのは、前にワープロを買い替えて、さんざんな思いをしたからだ。ワープロが突然壊れ、とにかく、

「今日送る原稿を今日書かねばならないっ」

と急を要する状況だったので、近くの店にあったものを買ってきた。

親指シフトでなくても、ただ機種が異なるだけで、こんなにも使い勝手が違うかと驚くほど。日常的な動作だから、ものすごくストレスになる。

前のに近いものを近いものをと探して、直営ショップにかろうじて残っていた元の機種にたどり着くまで、二週間足らずの間に三回も買い替えるという、経済的にも痛いめにあった。パソコンは値段的にそれは許されないだろうから、よくよく注意して選ばねば。会う人ごとに、

「どの機種使ってますか」

と尋ね、情報収集を続けていた。

先月末、ときどき書評を書いている「週刊朝日」の男性と、次の本を何にするかの相談を

電話でするうち、インターネットの話になった。

「あれだと、本探すのは楽ですよ。例えば、岸本さんが何か参考にしたい本があって、でももう絶版で、図書館にもなかったとするでしょう。そういうとき、どこの古本屋にあるかだって調べられるんです」

いわゆるネット世代でもないのに、

「ずいぶんお詳しいですね」

と言うと、

「いちおう、『朝日パソコン』の編集部にも三年間いましたから」

（おー）

と心の中で拳《こぶし》を震わせた。そうだ、うっかり忘れていたが、私のまわりには、かくも有用なる人材がいたのではないか。なぜに今まで、彼に聞くことを思いつかなかったのだろう。

それから電話は、パソコン談議になった。

彼が前に取材したところによると、日本人はつい、将来使うかもしれないと、あれこれと付いているのを選んでしまうが、それは間違い。「目的をはっきりさせた方がいい」と専門家からアドバイスされたそうだ。

目的は、私の場合、はっきりしすぎるほどはっきりしている。日本語の文章を打つ。打った原稿をメールで送る。インターネットで本のありかを検索する。それだけ。音が出たり、動画が出たりする必要はなし、白黒でもいいくらいである。

「だったら、十万円台であるんじゃないかな」と彼。

私も実はそう思い、今年初め、冷蔵庫を買いに秋葉原へ行った際、パソコン売り場も見た。が、相談係の名札をつけて立っているおねえさんは、私の必要を、まったく理解しなかった。

「目的はこれこれで」

と、はじめにはっきり説明しても、

「今おすすめのこの機種は、何ができてかにができて、こーんなこともできちゃうんですよ」

とめまぐるしくマウスを動かし、デモンストレーションしてみせるばかりで、人の話をまるで聞いていないのだ。

「もしほんとうに買うんなら、『朝日パソコン』の女性を紹介しますよ。僕よりはるかに詳しいから」

ということで、築地の朝日新聞までのこのこ出かけていったのである。

三十前後とおぼしきその女性によると、今はだいたいどこのメーカーのも、はじめからいろいろ付いていて、その点ではそう変わらないという。

私が求める条件は、家の中で移動できること。乗り物の中で小さい字を見ると酔う私は、コマーシャルに出てくる「できる仕事人」みたいに、電車の中でしゃかしゃか打つことは考えられない。が、家の中では場所を替えたい。一日じゅう同じ姿勢で打っていると、腰によくないし飽きるので、あるときは仕事部屋で、あるときはリビングでと、腰痛《ようつう》対策兼気分転換を図りたい。

「それならば」

と彼女がすすめたのは、NECの「シンプレム」だった。デスクトップで、外出時携帯することはできないが、家の中なら持ち運べる重さ。ノートパソコンもいいけれど、キイボードがどうしても小さくなるので、長時間打つ人は肩がこりやすいとか。

「それにします」

見もしないうちから、ほとんど決めてしまった。今の私にとって、服でも何でも、選ぶ基準は「疲れにくい」こと。長年迷っていた機種問題には、あっさりとケリがついた。このパターン、マンション購入のときと似ている。

朝日パソコン嬢によれば、五月末はモデルチェンジの季節。六月初めの今なら、店によってまだ旧モデルが残っているかもしれず、機能的にほとんど差がないものが、お得なお値段で買えるとか。

「それはチャンス、ぜひ行きたいです」

と、盛り上がりの延長で、週明けにいっしょに買いにいくことにした。マンションのときと同じで、動き出すと早い早い。

校了がすみ、休みのとれた朝パソ嬢と、午後三時、新宿駅東口で待ち合わせ、ビッグカメラ・パソコン館へ。彼女があらかじめ電話で、旧モデルがあるのを調べておいてくれたのだ。

私は、こういう店が安いのは、現金払いだからだろうと、二十二万円お札で用意して、おやじのようにウエストポーチに入れていた。が、クレジットも使えるらしい。

さらに感動したのは、ポイント制で、お買い上げ額の一〇パーセントのポイントがつく。すなわち、二万円くらいのプリンターなら、それで買えてしまうのだ。これはお得！

ただし、今日ついたぶんのポイントは使えないらしいので、プリンターは、後日改めて買いにくることにした。

段ボール箱をキャリアカーにくくりつけ、二人がかりでえっちらおっちら、駅の階段を昇り降り。タクシーを利用すべきだったと気づいたのは、ずっと後だった。ビッグカメラ店内の雰囲気にあてられてか、頭が完全に安売りモードになっていた。初対面に等しい朝パソ嬢には、悪いことをしてしまった。

しかし、自分たちで運んでくると、いやが上にも勢いづく。駅のスターバックスで、アイスコーヒーでひと息ついただけで、家に着くや休みもせずに、二人でわーっと箱を開け、設置、接続までしてしまう。立ち上げはこうしてこうして、パスワードを決めてと、朝パソ嬢の指導のもと、ニフティにも加入した。

試運転として、週刊朝日に初メールを送ってみる。

「めでたく開通しました！」

これで、きっと届いたはず。

気がついたらもう九時近くで、

「ええーっ」

とのけぞった。パソコンをいじって時を忘れるとは、ほんとうだ。

慌てて近くの洋食屋に電話して、まだ食べるものがあるかどうかを聞いてから二人で出かけ、解散は十一時近く。

世の中には、親切な人がいるものだ。半日間ともに過ごして、朝パソ嬢の性格のよさをつくづく感じた。彼女にすれば、元上司から数日前引き合わされただけの私のために、せっかくの休みの日をつぶし、買い物から接続までまるまる付き合ってくれた。別にこのことを朝日パソコンに書くわけではないのに。利害関係抜きなのである。

ワインにもほどよく酔って、胸を温くして帰り、パソコンに向かう。週刊朝日の彼から「祝開通」のメールが来ているのでは。電源を入れ、メールソフトを起動させる。

なのになのに、何回トライしても開けない。非情にも「パスワードが無効です……」。なぜ？

朝パソ嬢も、同じ夜アクセスを試みたらしい。次の日さっそく、操作法を示す図入りの長い長いファックスが来た。その後も、電話でやりとりしたり、ニフティに問い合わせたり、考えつく限りのことをしてくれたが、どうしてもうまくいかない。

たぶんパスワードの入力が、正しくできていないのだろう。大文字の出し方なども、今使っているワープロとは微妙に違う。

（こりゃあ、へたにいじればいじるほど、事態を悪化させる。一から順を追って学んだ方がよさそうだ）

そう思ううち、あっという間に出張の日が来てしまった。

イタリアで温泉に

出張先とは、イタリア！　女性誌の取材である。

ミーハーなる私は、その仕事のファックスを受けたとき、目を疑った。もしかして、イタリアに行ける？

「後ほどご都合を伺うお電話を差し上げます」と書いてあるにもかかわらず、受話器を即取り上げて、電話した。

「あ、あの、私の読み違いでなければ、イタリアに行って文章を書かせていただくということでしょうか」

いやー、長生きしてよかった、とは言いすぎだが、この仕事を続けていてよかった。思わぬことがめぐり来るものである。

イタリアははじめての国。それどころか、ヨーロッパそのものが、ほとんど行ったことがない。中国に留学していた経歴から、

「あの人はじょうぶ」

と思われるのか、他のページでは「ドイツのマイセンに磁器を訪ねる」といった特集を組むような女性誌でも、私に振られる仕事は、なぜかアジア。それも、むろん歓迎だが、旅ならばどこでも行く気満々の私は、

「別にアジアに限らないのよー、ヨーロッパでもアフリカでも、あっ、トルコなんかもいいねー」

と、誰にともなく声を大に呼びかけたい思いであった。そのテレパシーが通じたか。

旅エッセイを書いていると、よく言われる。

「仕事で旅行できるなんて、いいわね」

「あちこち行けていいわね」

それに対し、

「なーに、仕事で行ったって、旅行した感じ、しないです」

「たいへんなだけ。プライベートで行く方がよっぽどいい」

などと、気が重そうな顔をした方がかっこういいし、反発もかうまい。いやしくももの書きであるからには、一分でも長く机に向かえることを喜びとするべきで、こんなことで舞い

上がってははしたないと、自分を戒める思いもある。

が、それでも、ふだん行けないところに行けるのは嬉しいし、よその家におじゃましたり店の人に話を聞くといった、取材旅行ならではのプラスアルファもある。

なので、せっかく相手が気を回し、

「でも、お仕事で行くのは楽しくないかもしれないわね」

とフォローしてくれるのに、

「いえ、楽しいです」

と思いきり元気よく返事してしまったりする。

これが、国際派ジャーナリストみたいに、

「年の三分の一は海外で過ごす何々さん」

といったキャッチフレーズがつくくらいの頻度になると、無感動だろうし、基本的には、家でものを書いているのがいちばん好きではあるのだが、たまにはいい。

それにしても、常なら年にいっぺんあるかないかの取材旅行が、今年は一月の中国、このイタリアと、妙に海外づいている。

「いかがですか、スケジュールは」

「万難を排して行きます」

力強く答えた。

よくよく趣旨を聞けば（そういうのは、はじめに聞くべきかもしれないが）、イタリアの温泉保養施設であるテルメに五日間滞在し、「きれいになる旅」だとか。女性誌なので、「オリーブの香がする、地中海からの風に吹かれて……」といった格調高い文章を書かなくてはいけないのではと、不安になったが、女性編集者は、「そういうのは、求めませんので」

たしかに。求めるならば、私には声をかけまい。

きれいになるのが趣旨なのに、「使用前」と「使用後」がビジュアルでまるでわからなかったらどうしようと、その点の不安もなくもないが、カメラマンがなんとかしてくれよう。何たってプロなんだからと、過剰な期待。

すでにしてオーソレミーヨな明るさで、おおざっぱに割りきって、心は早くもイタリアへ。こうした「その気になりやすさ」が、旅の仕事にあずかるゆえんだろうか。ところ変わっても神経性下痢などには、間違ってもならない私である。

行く先はトスカーナ地方、フィレンツェから四十キロほどのところにある温泉地だ。ここのホテルで、エステやマッサージを受けつつ滞在する。ローマ、ナポリ、ベネチアといった有名な都市を巡ることはできないが、

「それでも、フィレンツェくらい回る時間があるかもしれない。なんたってルネッサンスの発祥の地、芸術の都だから」

と、ガイドブックのフィレンツェのページだけ切り取って、往きの飛行機の中で、行きたい美術館、要チェックの絵画、彫刻を、優先度別に色分けし、ラインマーカーで線を引いたりした。

結果として、その旅は、

「日本に来た外国人が、京都も奈良も浅草も見ず、箱根の温泉ホテルでひたすら湯治《とうじ》をしていただけ」

と喩《たと》えられようか。目と鼻の先のフィレンツェにも足を踏み入れることはなかった。ミラノから一路、ホテルへ。フィレンツェは温泉地をはさんでミラノとは反対側になり、通るところではなかったのだ。

締め切りまぎわの作家ではないが、基本的にホテルにカンヅメで、私がトリートメントを受ける間、編集者らは周辺を取材、ときどき合流して、ワイナリーやオリーブ畑を訪ねる、というスケジュール。メンバーは、編集者の女性、コーディネイター兼通訳には、イタリア在住二十年だがどこか関西のノリを残した日本人女性、イタリア人男性カメラマン、ドライバー兼取材アシスタントのイタリア人男性、それに私の計五人。

旅の詳細は、女性誌の方に書くとして、印象に残った点を挙げると。

まず、イタリアに行った人の誰もが言及することだが、食べ物がおいしい。特にパスタ。メニューは、前菜＋一の皿（プリモ・ピアット）＋二の皿（セコンド・ピアット）という構成で、二の皿がいわゆるメインディッシュ、パスタやリゾットは、一の皿だ。このパスタ、特に生の手打ち麺は、具や味つけもさることながら、麺そのものがおいしくて、

「二の皿は抜きにして、一の皿を二つ注文したい！」

と思うほどだった。

滞在したホテルでは、前菜はブッフェ形式。ズッキーニ、ナス、トマト、ルッコラ、赤ピーマン、黄ピーマンなどが取り放題。取材旅行では、野菜不足が問題で、ビタミン剤を携えていくが、イタリアでは飲む必要がないのだった。

持ってきたのに、使うチャンスがないといえば、パソコンの本。パソコンに関しては、私なりに危機感を抱き、「ウィンドウズ」と「一太郎」の参考書を、重いのにスーツケースに入れてきた。取材旅行では、夜はわりあい早く終わることが多い。日が暮れると写真が撮れないので、五時半くらいに終了、七時から食事し、九時にはそれぞれ部屋に引き上げるパターン。ふだんの生活より、寝る前のフリータイムが長くなるので、この機に読もうと思っていたが。

ところがどっこい、イタリア人は宵っ張り。街のレトスランは、いちばん込むのが十時くらいからのようである。そして、たっぷり時間をかける。ドルチェ（デザート）の後、グラッパという食後酒をエスプレッソコーヒーとセットで飲んだりする。

われわれは八時頃からはじめ、食後はコーヒー一杯だけお付き合いし、お先に失礼してい

たが、それでも十時半にはなる。部屋に帰り、バスタブに湯を張って、つかって寝るだけ。

「温泉まで来て、なぜ部屋の風呂に？」

と思われるかもしれない。温泉といえども、温泉水入りの何かを使ってエステなりマッサージなりをする、トリートメント中心の施設で、日本のような大浴場はないのである。

しかし、昼も夜もあれだけ食べるイタリア人だが、朝は、まるで別人のように小食だ。コーヒーとデニッシュのような甘いものをちょっとだけ。日本なら朝にしっかり腹ごしらえするカメラマンやアシスタントもそうで、はじめは、

「この人たち、二日酔いか？」

と思った。ま、寝る前にあれだけ食べりゃ、そうそうは胃に入らないでしょう。

食べ物の他、もうひとつ印象的だったのは、人の名前が、日本人の私からすれば何か「おおげさ」なこと。カメラマンはパウロ、アシスタントはバレリオといい、ホテルの従業員も名札を見ると、マルコだのフェデリコだの、世界史に出てくるような名ばかりだ。日本でいうと、人麻呂とか頼朝とか家康とかが、ごろごろしている感じなのだ。

他ならぬローマ法王と同じパウロは、若きカメラマンらしく、スキンヘッドに近い剃りにピアスと、ストリート・アーチスト系。名前のイメージと、だいぶずれる。

ルックスをいうと、バレリオは、四十くらいのずんぐりむっくりの男性だが、そこはおしゃれなミラノ人。「シャツはアルマーニしか着ない」とのこだわりを持っているとか。

しかししかし、短パンの上に裾を出し、腹のボタンがはちきれそうになっているシャツは、言われなければそうとわからず、

「えっ、あれもアルマーニ」

「見えないねー」

と女性たちの間で話題になっていた。

そうした話を、通訳さんが逐一《ちくいち》伝えるのだが、何を言われても笑っている、気のいい二人なのだった。

滞在中、私はめずらしく熱を出した。五日めのこと。

その日は午前中ホテルで過ごし、三時過ぎに他の人と合流することになっていたが、トリートメントが終わったところでぞくぞくしてきた。昼食をパスして、とりあえず部屋で寝る。

幸いなことに、午後はホテルのそばのチーズ屋でちょっと撮影するだけという、例外的にスケジュールの少ない日だった。なぜなら、その夜は六時から、サッカーのユーロ杯が放映されることになっており、イタリアは強豪オランダと対戦する。事前に取材を申し込んだどの店からも、

「その日はだめだめ。それどころじゃない」

と断られていたのである。

チーズ屋も、われわれが撮影を終えカメラなど車に積み込んでいるうちからも、慌ただし

くシャッターを閉めていた。

「まだ、四時半だぜ、おい」

と言いたい。パウロとバレリオも帰りの車の中から、声を合わせて国歌をがなりたて、もうすっかり応援モードに入っている。

私は夕飯もパスし、ずっと寝ていた。解熱剤がなぜか効かないので、布団にくるまり、ひたすら下がるのを待つほかない。

ウオーという雄叫《おたけ》びが、ときおり聞こえる。どの部屋でもテレビを見ているらしい。どちらが優勢か、手にとるようにわかる。オランダ人が宿泊していたら、とても部屋から出られまい。

そのうち、ホテルじゅうが息を詰めたようにしーんと静まり返った。何ごとかと、布団から首を出して、リモコンを向けると、おお、試合は0-0のままPK戦にもつれ込んでいる。やがて、建物全体を揺るがすような地響きがし、寝ながらにして「イタリア勝利！」を知ったのだった。

のちに聞いたところでは、私を除く四人はひとつ部屋で観戦していたが、勝利の瞬間、バレリオは窓を開け放って叫び、興奮のあまり椅子を外に投げようとしたので、皆で羽交い締めして止めたとか。相撲で横綱を倒すと座布団を投げたくなるのと同じ？　ニュースによれば、イタリアじゅうが大騒ぎで、トレビの泉には相当数の人が飛び込んだという。

熱の方は、次の朝には跡形もなく引いていた。いったい何が原因だったか？

食べ物はおいしく、最後の方では、

「あと何食、イタリアで食べるチャンスが残されているのか」

と数えてしまったほど。熱のため二食パスしたのが、かえすがえすも残念だ。

パソコンの参考書を、いっぺんもスーツケースから取り出さないままに終わってしまったのも、悔やまれる点である。

こんな本を読みました　夏

六月に出した『恋もいいけど本も好き』（講談社）にからめて、エッセイを書くことになった。

つくりはちょっと複雑で、何か別の一冊の本にふれながら、自分の本のPRにも持っていきたいところらしい。

頭に思い浮かんだのは、吉村昭『落日の宴』（講談社文庫）だった。

そもそも『恋もいいけど本も好き』は、読書エッセイで、本の中には、現実には言葉を交わす機会がないような、古今東西さまざまな人の生き方にふれるチャンスが詰まっている、という主旨のもと、男女の出会いを中心に章だてして、まとめたものだ。そのタイトルにひっかけて、PR用のエッセイでは、「いい男」が出てくる一冊を挙げようと考えた。

『落日の宴』の主人公は、幕末の勘定奉行《かんじょうぶぎょう》、川路聖謨《かわじとしあきら》。日露和親条約を締結した人である。大国ロシアに対して臆することなく、終始毅然《きぜん》とした態度を貫き、なおかつ、礼儀正しさと、誠実さでもって、利害や、文化的な差異を超えて、ロシア人の心をとらえたさまが、小説にはよく描かれている。

「よし、この人でいこう！」

吉村昭の小説は好きで、何かの機会にそのことを表明したいとかねがね思っていたが、評価の定まった人であるだけ、いわゆる「評する」ことは難しかった。その点でも、願ったりかなったりだ。

吉村氏——この人については、面識もないが、どうしても「氏」とか「さん」とかをつけずにいられないのだが——は、本をみつけては、必ず買う作家である。

史実をたんねんに取材して、組み立てていく小説は、フィクションともノンフィクションとも違う、独特の迫力があって、ひと頃は著者別の棚のはしから買っては読み、買っては読みしていた。

『高熱隧道』『戦艦武蔵』『漂流』『破獄』『脱出』（いずれも新潮文庫）『闇を裂く道』『関東大震災』（いずれも文春文庫）『三陸海岸大津波』（中公文庫）……キリがないからやめるが、この三倍はある。読みふけるのが高じて、取材ノートにあたる『万年筆の旅』『史実を追う旅』（ともに文春文庫）の方にもはまっていった。

作品から感じられる性格は、「真面目」、その一語に尽きる。つけ加えるなら「正直」「忍耐」「謙虚」などが挙げられようか。戦前の日本人が持っていたとされる美徳を、詰め込んだような人である。私は尊敬の念を込め、ひそかに「昭和の真面目おじさん」と呼んでいる。

「かれは胸の熱くなるのを感じた」などという、あまりに優等生っぽ過ぎて、気恥ずかしくなるようなフレーズも、氏の小説の中に出てくると、

「あー、そうでしょう、胸も熱くなるでしょう」

と納得してしまうのだ。

読者も、吉村さん世代の男性が多いようである。

いつだったか、朝刊に氏の新刊『アメリカ彦蔵』（読売新聞社）の広告が出ていた日、図書館に行くと、カウンターで六十半ばくらいのおじさんが、さっそく、

「『アメリカ彦蔵』はありますか」

と聞いていた。その後回った本屋でも、やはりその年代の男性が、レジカウンターで、

「『アメリカ彦蔵』はありますか」

と尋ねているのを目撃した。同じ日に二件、同じ本の問い合わせの場面に遭遇《そうぐう》するのは、めずらしいことである。

「やっぱりファンがいるのだなあ」

と感心した。

別の機会に、小さなホールで、日頃の読書傾向について話すことがあり、

「今、生きている作家でよく読む人は誰ですか」

との質問に、

「小説は吉村昭さん、藤沢周平さん（そのときはまだ存命だった）、エッセイのお手本にしているのは出久根達郎さんです」

と答えたら、最前列に座っていた、昭和ひとケタ世代ふうのおじさんが、深く深くうなずいていた。その三人のラインアップは、彼くらいの齢の読者層を、満足させるものであったらしい。

吉村さんには、作家としてひとりだちするまでの経緯を綴った自伝『私の文学漂流』（新潮文庫）があり、これはもう、氏の性格が全部出ていて、ホールで最前列にいたタイプのおじさんなんかは、涙のみならず鼻水まで流して、号泣《ごうきゅう》してしまうだろう。人を恨まず、たのまず、おのれをきびしく律し、文学の道をいちずにめざす。四度も芥川賞の候補になりながら逃し、しかも一度は手違いから受賞と知らされ、インタビューに赴くのだが、結果は別の人だった……そんな、プライドがずたずたになりそうな目にあいながらも、

「根本原因は、私の作品が宇能氏のそれより劣っている、とされたことにあり、かれらが詫びる必要はなかった」

と、けっして人を責めないのである。ちなみに、宇能氏とは、官能小説で知られる宇能鴻一郎氏。芥川賞を受けた頃と同じ名で通しているのは、それもまた、えらいと思う。

『私の文学漂流』に現れる吉村氏は、文章を仕事にできるかどうかは、人間関係上の政治でもなく、ふるまい方でもなく、作品で問うしかないこと、そのためには書き続けていくしかないことを、肝《きも》に銘《めい》じている。そして、自分の書くものに関心を持ち、原稿を読んでくれる人に、感謝の心で接している。そうした姿勢には、まったく頭が下がる。生きていく態度の

師と、仰ぎたいくらいである。

一方で、無礼なもの言いの編集者に対しては、大手出版社のひとであっても、

「氏の前に身を屈して読んでもらう気などみじんもなく」

と、たんたんとだがきっぱりと書いてあり、そういう誇り高さも、私は好きである。

七月

「夏休み進行」がやって来た

三日の朝、成田に着き、昼前に家の近所の駅で降りると、

(東京はいつの間に梅雨明けしていたのか)

と思うような暑さ。ちょうど日が頭の真上にある時間帯で、塀の下のほんの二十センチ幅くらいの陰からはみ出さないよう、トランクを引きずりつつ、つたうように歩いた。

家に入るやクーラーをかけて、ソファにどっと座り込みたいところだが、がまんして玄関先で即スーツケースを開く。こういうのは勢いでやらないと、絶対そのままになる。

洗濯すべきは洗濯機に放り込み、靴は下駄箱、パスポートは引き出し、資料類は仕事部屋、飲まなかったインスタントコーヒー、紅茶のティーバッグ類は台所など、限りなくこまかい分類に従いしまって、ようやく中身を空にしたのが、午後三時。

昼ご飯がまだだったのを思い出し、イタリアで買ったインスタントのリゾットを作った。

ポルチーニ茸の風味のみ(松茸風味のお吸い物とコンセプトが似ている)で、具のほとんどないリゾットを口に運ぶ。野菜あり、フレッシュパスタありの、昨日までのハイレベルな

食生活とは、だいぶ違う。

旅の日々は早、昔。日常生活に戻ってきたことを実感した。

片づけを終えたあと、久々に仕事の進行表を見たら、

(今月は、かなり詰まっている)

と気づいた。夏休み進行、別名お盆進行なるものがあり、お盆の頃は印刷所が閉まるので、締め切りが少しずつ繰り上がる。それが、七月にも及んでいる。

おまけに、イタリアに行く前は、とにかく目の前のことをすませて「行く」までしか頭になく、それ以外の打ち合わせとか取材といった用事は何でも、帰国後へ帰国後へと回していた。その頃は、手帳の七月ぶんのページも、ほぼまっ白。どうにでもなるような気がしていた。

が、進行表上の締め切りから逆算して、どの日には何を書くか割り振っていくと、のんびりなんぞ、全然していられないことがわかる。明日からと言わず、帰国当日である今日からでも、はじめなければ。

「進行表」と「手帳」とが別にあるのはまぎらわしいが、日頃は、その二つでスケジュール管理をしている。

進行表は、市販のA5判の「金銭出納帳」ノート。一見開き一ヵ月とし、左ページの「日付」欄に締め切り日、「摘要」欄に雑誌名、「収入金額」「支払金額」「差引残高」の欄にはそ

れぞれ、ワープロで入力した日、印刷した日、送付した日（同じ日にできないことがある）、右ページには写真の要不要などの備考を記す。もともとの用途とは違うが、たいへん使いがってがいい。

手帳の方は、年末に出版社からもらうポケットサイズのもので、一週間が一見開き。打ち合わせ、取材などの出かける予定を記入する。

その印のないところに、進行表を睨み合わせた結果から、

「締め切りに間に合うには、この日あたりに、これを書かねば」

と、書き込んでいく。スケジュールがタイトな月は、かなり前もって計画的に配分しないと、月末になって、

「お、終わらないっ」

なんてことになりかねない。今月はすでに三日過ぎている上、二十日から四日間地方に出かける用事があるから、よけいにきつい。

とりあえずの急務である、イタリアの原稿を、外出をはさみつつ、四日から六日にかけて書いた。これはもう、ひたすら温泉ばなしであった。ヨーロッパの温泉の歴史にはじまり、温泉からの蒸気がこもる洞窟サウナ、温泉水のジェットバス、温泉水入り泥パックと、何十回「温泉」の文字を打ち込んだかわからない。書き終わったときは、文字上の湯疲れをしたようで、温泉は、入るのはまだしも書く方は、

（当分、いい）

という感じだった。

ワープロの前でしばし放心したまま、プリントされた紙が出てくるのを眺めていたところへ、電話が鳴った。旅行関連の雑誌を出している出版社からだ。

「お帰りなさい。イタリアはいかがでしたか」

「あ、はい」

と返事しながら、

（そうだ、この人にも帰国後早々会うんだった）

と思い出した。

「それで、去年ごいっしょした取材のことを、そろそろご相談したいんですが」

「あーっ、そんなことがありましたね」

去年の十一月末、「来年の秋用」ということで、彼とカメラマンと三人で、伊豆の河津に行った。温泉のムックを作るためで、私たちのページは「紅葉と温泉」がテーマ。

いざ行くと、あいにくスギの木が多く、紅葉はいまひとつ。

「温泉をメインにまとめましょう」

ということで、その場では一致した。

帰ったら即、執筆にとりかかるつもりが、おたがい何だかんだ、別のことにかまけていて、あっという間に七月に。

紅葉や桜といった季節ものの取材は、そのモノがないとできないので、前シーズンにしておくのが常である。

締め切りはずっと先になるが、期限に関係なく早く書いた方がいいとは、去年、別の雑誌の雪の号で痛感した。

かろうじて雪が残っていた四月初めの信州で、「雪と温泉」のテーマで取材した。

そのときは、

（とにかく、取材ノートを捨てないこと）

それだけを心して、宿のパンフレットといっしょに輪ゴムで束ね「要保存」の紙を張りつけ、封印した。

半年後、取り出し、書きはじめると。

思いのほか、たいへんなのだ。取材してすぐのうちなら、覚えようとしなくても瞼におのずと焼きついていた、何でもないことが思い出せない。宿のトタン屋根が赤だったか青だったか、玄関前に置いてあったのはソリだったかとか、そういった類のこと。

引き出しをひっかき回して、同行したカメラマンの名刺を探し出し、電話で聞いた。

「お風呂は一階と二階にあって、一階のがたしか昔の風呂を移築したものと言ってましたよね」

「そうそう。僕が忘れたのは、夜、囲炉裏《いろり》ばたで焼いてた串刺しの餅、あれ、五平餅でしたっけ」

彼の方も、写真説明の文章をつけるため、必死で思い出しているところだった。

そのときの教訓から、伊豆のときは取材中から、

「帰ったらすぐ、書きますので」

と編集者に言っていた。彼からは、暮れに慌てたように、取材中のスナップ写真を「ご参考に」と送ってきた。年が改まり、中国取材や単行本につけ足す章があったりして、「伊豆」の方は一文字も書かぬまま、今に至る。

イタリア原稿を終えてキリのいいタイミングだったので、明日七日の午前に会うことにした。受話器を置いて、わたしがいちばんに確かめたのは、

(あのときのノート、あっただろうな)

ということ。本棚を覗くと、おー、あった。第一の問題はクリアできた。

イタリアの資料一式をまとめて、しまい、代わって「伊豆」を机に広げる。「踊り子の里」河津七滝《かわずななだる》めぐりのハイキングマップ、宿のパンフレット、ガイドブック、スナップ写真。温泉に次いで、また温泉。かたやトスカーナ、かたや「踊り子の里」と、頭の切り替えが必要だ。

忘却のかなたなので、打ち合わせを前に、なるべく記憶をよみがえらせるべくつとめる。

スナップ写真を見ていると、

（夕飯は囲炉裏ばたで、お膳が出るんだった）

（あー、鍋を下げる鉤《かぎ》が、あったあった）

と、だんだんに思い出してくる。

ひとりで手を打ったり、うなずいたりしていた。

七日、十一時に、パンフレット類やスナップ写真を携え、喫茶店へ。本来なら「温泉明け」となるべき朝だが。

編集者は、カメラマンの写真のコピーをはめ込み、レイアウトしたものを用意してきていた。何をメインに持ってくるかを話し合いつつ、ページの構成を考える。

「これが何でしたっけ。短冊みたいなのが、乗っかってる皿」

夕飯の膳の写真を、彼が指さす。

「わざわざ説明書きをつけてあるってことは、自慢の一品だと思うんですけど」

「その短冊、私、とってある」

「えっ、すばらしい。どれどれ」

こうなるともう、どんな小さな紙切れでも、思い出すよすがとして、貴重である。

九月発売なので、締め切りは今月末とのこと。またひとつ、締め切りが増えた。

他にも、前々から義理があって断りにくいところの原稿とか、何やかんやで、五本増とななった。

いや、その編集部のだけではないな。考えてみれば、

「物理的にもう絶対不可能」

というときを除いては、たいがい引き受けている。買い物依存症の人がカードを切る瞬間ではないが、そのときは、「やりくりすればなんとかなる」気がしてしまうのだ。売れっ子の中年イラストレーターの男性が、

「僕は仕事にありつけない時代が長かったから、断れない」

ともらしていたそうだが、その気持ち、わかる。お金の問題というよりも、

(少々無理しても、書かないよりは書く方が、自分にとって絶対いいことなのだ)

と信じているところが、私にはある。

また、

(同世代の人に比べて、自分は楽をしている)

という、妙なひけめも。新聞によれば、子育て中の母に、今いちばんしたいことはと問うと、

「喫茶店でひとりでコーヒーを飲むこと」

との答えが返ってきたという。介護のただ中にある人も、同じことを言っていた。会社勤めの人は、年齢的に中間管理職。仕事上の責任や人間関係でも、ストレスのかかる層である。

それに比べると、ひとりでコーヒーも飲める、通勤時間もとられない私が、

「忙しい、忙しい」

とこぼすのは、筋違いなようで、

「自己管理能力がない」

と同義語でもある。私の場合、誰に課されたわけではない、おのれの判断で引き受けたものばかりだから。

というわけで、帰国後しばらくは、手帳上に割り振ったとおりに仕事をこなすことに没頭した。留守にしていたので、床にうっすら埃《ほこり》が積もっているし、庭の草は伸びてぼうぼう。

「掃除機をかけたい。草刈りをしたい」

と歯ぎしりをしたくなるが、がまんしてワープロに向かう。それでも、睡眠時間を七時間とっていたから、世間の言う「忙しい」うちには入らないが。

そして、十四日の金曜日がやって来た。


あわや、締め切りを落とす？

その日も朝から日ざしが照りつけ、予想最高気温は三十三度といわれる暑い日だった。

私は午前十時半を最初に、十二時、二時、三時半と、四つの取材を受けることになっていた。ふだん取材がそう多いわけではないが、出かける用事はまとめてすませ、残りの日は家で書いていようと、少々詰め込んでしまったのだ。

駅のまわりの喫茶店で話し、写真だけ屋外で撮る。途中、十二時からのがわりあい早く終わったので、いったん家に戻ることにした。この炎天下、さえぎるもののない通りを、駅から家まで往復したのがまずかったかとは、あとで思ったが。

四つめの取材が終わり、家に着いて、リビングのソファで十分ほど涼んだのち、

（さあ、夕飯前にひと働き）

と仕事部屋へ行くつもりであった。が、いつまで経っても力が出ない。

（夕飯のあとで働くとして、早めの食事にしてしまおうか）

と頭では思うのだが、どうにも体が重い。尋常《じんじょう》でないだるさである。

ソファから立つ気になれぬまま、一時間、二時間と過ぎてしまった。

そのうち、節ぶしが痛くなってきた。これは、熱が出るのかも。

はたしてぞくぞく寒気がしてきて、ベッドに移動し、タオルケット、布団とありたけのものにくるまり震えているうち、かーっと熱くなってきた。体温計をはさむや否や、軽く三十八度の線を超えた。あらー。

そのときは、でもまだ、楽観視していた。ちょっと冷房に当たりすぎると、反動のように

熱を出すのは、ままあることだ。いつのときでも次の朝には下がっている。風邪ではなく、自律神経が一時的に失調するらしい。イタリアでも、似たようなことがあった。

（今日なんか、炎天下と冷房の利いた店との出たり入ったりだったから、まあ、失調もするだろう）

と、あきらめて、早く寝ることにした。

腰の痛さで目覚めたのは、夜中である。骨盤の張ったところの少し内側が、左右ともじんじんと熱を持ったような痛みで、どうにも身の置き所がない。仰向けになると、腹の側の、ちょうどその位置にあたる二ヵ所に、異物感がある。まるで、まっ赤に腫《は》れた扁桃腺《へんとうせん》が、その場所に引っ越してきたかのように。

翌朝も、状況はあまり変わらなかった。熱はいくぶん下がったものの、この腰の痛だるさは何か。下腹部の異物感も相変わらずで、排尿にも苦痛を覚えるほどである。

ゆうべの遅れをとり戻すべく、書評の本を読みはじめたが、ギブアップ。解熱剤が利かないのも妙だ。布団にくるまったまま、刻一刻と時間が過ぎていくのを、手も足も出せずに見送るほかないのか。すでに一日と半、まるで仕事ができていない。予定がどんどんずれていくプレッシャーに、めげそうになる。

三日めの朝も、状況は変わらず、がっくりした。私の心配は、もはや全体のスケジュールより、明日のことに移ってきている。午前十時に原宿に行かねばならない。

女性誌の編集部と化粧品会社が企画したページで、その会社の専門家に「髪の悩み」を話してアドバイスをもらい、併せて、その社の製品であるシャンプーの使用感を語るもの。きれいなページにするために、話しているところの写真も、スタジオでヘアメイクの人がついて撮る。そういう仕事は、めったにないのだが、それが明日なのである。

(もしも行けなかったら……)

スタジオの使用料、ヘアメイク、カメラマンの日当、さらには、前もって製品を届けにきたバイク便の料金など、多大な費用の損失となる。こうなってみると、武道館でコンサートをする歌手は、つくづくたいへんだと思う。チケットを何万枚も売りさばき、当日になって出られません、なんてことは、よほどのときでない限り、できないだろうから。人間だから、インフルエンザにかかることもあれば、親が死ぬこともあろうに、いったいどうしているんだろう。

なんて、人の心配をしている場合ではない。明日のことだ、明日。掲載号は決まっているのに、後日ふたたび、化粧品会社の人、編集者、間に入っているだろう広告代理店の人など、すべての人のスケジュールを合わせることなどできるのか。

私は精神論者ではないから、

(気力さえあれば、這ってでも行ける!)

とは思わない。なんとしてでも、熱そのものに下がってもらわなければ。

解熱剤をあきらめ、試しに前に医者からもらった風邪薬を飲むと、いくぶん楽になった。妙なものだ。咽喉にも鼻にも炎症はなく、いわゆる風邪ではないのだが。

夜十時、原宿に着いていなければならない時間まであと十二時間を切ったとき、イチかバチかの賭に出た。風呂に熱めの湯を張って、膝下だけつける。事態の打開を「足湯」に求めたのである。

すると、劇的に汗が噴き出てきた。だらだらと流れた。風邪をひかないよう（もうひいている?）、よく拭いてから、風邪薬を服用して布団へ。

それが効を奏したのか、翌朝には六度九分まで下がっていた。

月曜朝九時五十分、原宿駅の改札を出る。

横断歩道を渡りながらも、アスファルトでなく空気を踏んでいるかのように、ふわふわする。

駅前のドトールで、オレンジジュースを飲んだ。力は出ないが、とにかく三時間だ。三時間、座ってメイクを施され、話をすれば、役目は果たせる。予定されていたのが、温泉やハイキングの取材ではなかったのは、ラッキーだったとしか言いようがない。

メイクの人が来るまでの間、編集部の女性と雑談をしていたが、われながら声に張りがないのを感じ、不機嫌であるとか、心ここにあらずだとかと思われてはいかんと、

「いやー、今はもうなんともないんだけど、ゆうべまでたいへんで」

メンタルな問題ではないことをあきらかにした。編集者は、

「私もたまにあります、熱出すこと」

彼女の場合、熱ーい風呂に入り、ビールを飲んでがっと布団にもぐり込む。

「たいがいそれで治ります。滝のように汗が出ますけどね」

私の上をいく荒療治だ。

会社で健康診断はあるが、入社以来二十年、いっぺんも受けたことがないとか。

「私たちの年では、何の病気にしたって進行が早いから、検査で異常がみつかったときには手遅れよ。だったら、やってもムダじゃない」

そういう考え方もあるわけか。

なんとか三時間持ちこたえ、帰ってからも熱は出ず、寝室の窓を開け放ち、枕カバーからシーツ、タオルケットと、すべて替えた。三十七度八分くらいから、たった一度かそこいら熱が下がっただけで、こうも体が動くとは。

気になるのは下腹部の異物感だ。右足を出すと右側が、左足を出すと左側が、一歩ごとに痛い。文字どおり、腫れ物にさわるような歩き方になる。

仕事部屋の椅子に座って、足のつけ根にずんと響いたとき、

(これはもう、何かできている。今日は仕事はやめ、医者だ)

と決断した。

土曜の夜くらいから、私の頭にあったのは「子宮筋腫《しきゅうきんしゅ》」という病名である。数年前、まわりの女性が三人立て続けに手術していた。いずれも、不正出血や生理のインターバルがくるうなどの、子宮筋腫の特徴とされる症状は、まったくなかったという。それでいて、あるひとりは、いざ取り出してみると、ふつう七十グラムくらいしかない子宮が、八百グラムにまで肥大していたとか。

三人とも、三十代半ばまで子どもを産まずにきている点も、共通している。

(何であれ、今日じゅうにカタをつけよう)

電話帳の産婦人科のページをめくる。

病院の場合、イエローページに広告を出すのはすごく効果があると思う。私は前に調理用スライサーで指を切って整形外科に駆け込んだときも、ケムシに刺されて皮膚科で薬をもらったときも、それを手がかりにした。

「お産」があまり全面に出ていないものを、探していくと。

「子宮の健康相談、卵巣の健康相談、更年期の健康相談」。これだ。産婦人科ではなく「レディースクリニック」とうたっている。更年期は、ほどなく私も突入するであろうから、将来的なことを考えても、うってつけだ。

思い起こせば、先月出した『もうすぐ私も四十歳』(小学館)で、「女の体のしくみを知って、来たるべき更年期に備えよう」と書いたが、こうも早く実行することになるとは。四十

歳になると、市から成人健康診断、プラス子宮ガン・乳ガン診断の案内が来るので、

（それまでなんとか、健康のままもたせよう）

と思っていたが、あと一年のところで力尽きた。

「レディースクリニック」は、まだ新しいのか、こぎれいで、待合室には私だけだった。マガジンラックに『栗原はるみのすてきレシピ』があるのが、いかにも女性向けの品揃えだ。先生は、同世代とおぼしき男性で、笑顔が明るくやさしそうである。子ども番組の体操のおにいさんもつとまりそうだ。婦人科の先生は、何よりも清潔感だと実感する。

そこではじめて、超音波によるおのれの子宮の画像を見た。

診察室の奥に、歯医者の椅子の背もたれを直角にしたような、ハイバックの椅子があって、座ると直角を保ったまま、後ろに倒れ、臍《へそ》から下がカーテンで仕切られる。カーテンの向こうで、先生が機械を動かすと、こちら側のモニターに、映し出される。

ぱっと見は、故障したテレビのような、白黒の縞模様でしかないが、

「これが、右の卵巣です」

とカーソルのようなもので示されると、なるほど、楕円形の影がある。

「これが、左の卵巣です。わかりますか」

「あっ、はい」

と返事しつつも、腫れ物が押されて、実はかなり痛いのだった。

ところが「腫れ物」があると感じているところには、画像によると、何もないのである。子宮、卵巣ともサイズは正常。第一、炎症があれば、そんな、横目でモニターを眺めつつ、

「あー、はいはい」

などとあいづちを打ちながら、

(ってててて)

と顔をしかめるくらいでは、とうていすまないらしい。

念のため、血液検査を行った。

二十日からの出張は、とりやめた。そちらは私がいなくても成り立つものだ。先方もすんなり承知してくれた。

気が抜ける思い。熱を出して寝ている間も、キャンセルするという発想は、ついぞ浮かばなかった。「あるもの」としてその上で、

(原稿が終わらない、どうしよう)

と焦っていたが、こんなことですんだのか。四日間まるまるあいたから、遅れはじゅうぶん取り戻せる。

新聞や雑誌の健康関係の記事で、ガンになりやすい性格として、

「きちょうめん。完全主義。規律やルールを絶対視する。柔軟性がない」

を挙げているのを読んでは、

（私はあてはまらないな）

と考えていた。が、必ずしも正確ではなかったかもしれない。

健康を過信してはいけない

この十四日金曜にはじまった健康問題が、意外にもすぐにはカタがつかず、精神的にすっきりするまで、七月まるまるかかったのである。

血液検査の結果は、十九日に出た。ファックスで送られてきた数値に、先生は、

「……」

と詰まったようだった。炎症を示すCRPというものが、著しく高い数値を示したのだ。が、他の数値は、すべて正常。原因らしいものが、見当たらない。

さらに詳しい血液検査をすることにし、尿も採り、薬をもらって帰ってきた。

（CRP、CRP……）

帰りがけ、書店で思わず、『病院での検査がわかる本』といった類の本を立ち読みしてしまった。

急性の炎症や組織の損傷があるとき増えるたん白の一種、ふつうは陰性で、陽性を示すの

は、膠原病《こうげんびょう》、細菌感染症、ウィルス感染症、悪性腫瘍……。

家に帰り、先生の説明を覚えている限り、ノートに書き出す。こうして整理してみると、医者の思考過程のおおざっぱな流れをトレースするような。医者といえども、人の体内に入り、直接患部を見ることはできないから、検査結果をもとに、考えられる可能性を列挙して、さらなる検査や臨床的な所見から、ひとつひとつ〇×をつけていく。それができるようになるために、六年間にわたる知識の習得と、さらにはインターン制度があるのだろう。

矢印をひっぱっていったら、フローチャートのような図になった。あの先生は、現時点でわかっていること、わからないこと、はっきりと区別して、ていねいに説明してくれるから、ありがたい。

それでも、

(膠原病って、何だったかな)

などと、その病気と決まったわけではまったくないのに、本棚の奥からついつい『家庭の医学』を引っ張り出し、埃をはらって、読んでしまう。

(こういうときは、シロウトがあれこれ考えるのがいちばんいけないんだよなあ)

と知りつつ、次から次へと気になるページが出てきて、思わず読みふけっていた。

検査というのは妙なもので、受ける前は何とも思わないのに、いざ受けると、結果が出るまで落ち着かない。不安がふくらみ、可能性のひとつにすぎないものが、だんだんに事実であるかのようになってくる。

仕事の相手は、むろん何も知らないから、ふだんどおり電話をかけてきて、

「掲載誌ができたら、暑気払いもかねて打ち上げをしませんか」

などと言うが、

「そうですね」

と答えつつ、

(その頃は、入院しているかもしれないなあ)

と、先々の話に、今ひとつ身が入らない。

私は楽観的な人間のつもりだったが、たかだかひとつの数値で、こんなにもトホホな気分になろうとは。考えてみれば、CRP以外は、どれも正常域だし、『家庭の医学』に載っている症状は、何ひとつ現れていないのだ。

そして、腫れ物感の方も、再検査の結果が出る頃には、すっかりおさまっていたのである。CRPだけ、下がりつつあるもののまだ陽性だったほかは、細菌もガンも膠原病も、すべて×だった。

「何らかのウィルスが、炎症を起こしていたと考えるほかないんですが」

と先生。ウィルスというとエボラ出血熱とかエイズとか、物騒なものを想起してしまうが、地球上には限りなくたくさんのウィルスがいるそうである。人やものの移動がさかんになる

ことで、免疫のできていないものに接すると、何らかの症状が出ることがあるとは、私も前に書評のための本で読んだ。

「移動」といえば、思い出すのはイタリアだ。向こうでもいっぺん、不明熱を出している。

(もしや、かの地で?)

これまで中国の辺地、インド、ブータンと、衛生環境がかなり日本と異なるところを旅してきても、特に体をこわさなかったのに、イタリアで? 私も弱くなったものである。が、それもシロウト考えにすぎない。

「『水が変わるから、気をつけなさい』とか年寄りが言うの、バカにできないよ」

発熱騒ぎのあと、近所のソバ屋で、酒を酌み交わした同世代の女性は言った。子どもを産んだことのある人だから、子宮が卵巣が、といった話がしやすい。

「婦人科系に限らず、炎症って疲れているとき起こるそうだから、無理するなってサインじゃないの」と彼女。

インパクトの強いできごとではあった。日頃、何かしらせっせとやっているのが好きな私にとって、金曜の夕方から日曜いっぱいにかけては、空白の二日半といおうか。そこだけ時の流れが欠落しているような。

過ぎてみても、

(あれはいったい何だったのだろう)

という思いがある。

せいろをすすりながら、たまたま二人とも読んでいた、柳美里さんの本の話題になった。妊娠中、緊急入院が必要となったときも、一日延ばし、六十枚だかの原稿を仕上げ、タクシーの中でちょっとだけ横になったあと、雑誌のための対談に臨んだとか。すごい根性である。

けれども、そこで、

「それに引き替え、自分は……」

との発想をしてはいけない、というのが、その日の二人の「まとめ」であった。自分がこの先ずっと付き合っていくのは、自分の体なんだから、人と比べて「怠けている」とか考えても、意味がない。

病み上がりでもあるので、八時半頃早々に別れ、駅ビルの中の本屋の前を通ったら、他ならぬ柳美里さんが出産とパートナーの闘病体験を綴った『命』のサイン会をしていた。偶然もあるものだ。

私は生の柳さんを見るのははじめてで、新刊コーナーで本を探すふりをしながら、ちらちら目をやり、

(写真以上にきれいだなあ)

と驚いた。頬にまるで贅肉《ぜいにく》がなく、抜けるように白い。髪はアップに結い上げて、折りジワひとつない光沢のあるニットを着ている。

子どもを産んだばかりで、たいへんな日々だとは、本を通して知っており、

（髪はいつ結うんだろう、服のアイロンはいつかけるんだろう。わが家はひとりでも、しっちゃかめっちゃかなのに）

などと考えつつ、ぼうーっとみとれていて、気づいた。柳さんの後ろに屈強な男が仁王立ちし、あたりに視線を走らせている。ストーカーから、ガードしているのか。

（もしも出版社の人で、万が一私の顔を知っていたら、恥だ。「岸本葉子が興味しんしんに覗いていた」と言われるか）

後ずさりしつつ、やっぱり見てしまい、

（いかん、早く帰って薬を飲まねば）

と思い出して、書店を後にした。

八月

齢を取るのが早い職業？

今年は暑い。真夏日がもう五十何日続いているとか。

気温だけで言えば、九四年の方がすさまじかった。『なまいき始め』（講談社文庫）のあとがきに書いたから覚えている。

あの年は、都心で四十・何度というのがニュースになったし、天気予報の「明日の最高気温」も連日三十八度とか三十九度で、たまーに三十三度なんて数字が出ると、

「あら、明日はわりあい涼しいじゃない」

と感じるほどだった。

今年の場合は、三十五度越えることはないものの、梅雨が明けるか明けないかのうちからずーっと暑かったので、蓄積疲労がすごい。夏がもう四ヵ月くらい続いている感じ。

人間は、ほんと「喉元過ぎれば熱さ忘れる」で、毎年、

「日本の夏って、こんなに暑かったっけ？」

と思う。

去年も、誰かとそんな話をしたな。『マンション買って部屋づくり』の担当の人が、原稿を通してだけは知っているわが家を見に、もうひとりの編集者とともに訪ねてきたのが、今頃。日取りを決めたのは、だいぶ早くて梅雨どきで、

「じゃあ、二時に」

「そうですね」

としたのだが、直前になり急遽《きゅうきょ》五時に変更した。八月の二時がどんなに暑いか、忘れていたのだ。

時間を変えたはいいものの、待ち合わせ場所が悪かった。駅の改札口としたのだが、改札口は階段を上ったところ。熱い空気は上に行く。アスファルトや排気ガスで温められた空気が全部昇って、もっわーんと滞留し、五時になっても下がるどころか暑さのピーク。サウナ状態と化したコンコースに、顔をまっ赤にして立っている二人を発見したときは、

「しまったー」

と思ったのだ。

うちの父は、あのコンコースのサウナ状態のせいで具合が悪くなったのである。ついこの前のこと。

家で原稿を書いていたら、父が携帯で電話をかけてきた（今どきの老人は、そういうものを持っている）。自宅近くの駅まで帰り、階段を上ったところ、ふらふらして、事務室で休ま

せてもらっている。ようすしだいで救急車を頼むかもしれないが、家を出られるなら駅まで来てほしいとのこと。

とるものもとりあえず急行した。何があるかわからないから、駅前の銀行で十万円おろし、現ナマを持って。父のいる駅まで電車で三十分くらいである。

(本人の意識はあるのだから、大事には至るまい)

(いや、母のときも、はじめは自分で電話をかけてきたのだ)

(このまま入院、そして……)

お寺の電話番号を書いた手帳を、家に置いてきたことに気づく。

当人はピンピンしているかもしれないのに、お寺がどうこうまで頭をはたらかせるのは縁起でもないかもしれないが、

「最悪の事態を考えておけば、何事もなかったとき笑い話ですむ。逆よりマシだ」

と悪い方へ考える中でも、無理やりポジティブ・シンキング。

向こうの駅に着く頃には、とうに救急車で運ばれたものと思い、

「すみません、今しがたまでここで休ませていただいていた……」

と名乗りながら事務室に駆け込んだところ、当人がまだいて、びっくりした。だいぶよくなったという。

結果的には、単なる暑さ負けらしいということで、病院には行かず、家まで送った。駅の

階段を下りるとき、足を踏みはずすといけないので、いい年して父親と手なんかつないでしまった。

たしかに、老人でなくてもバテる暑さだ。ましてや、あのコンコースの蒸し暑さでは、具合も悪くなろうもの。

でも、今回は別としても、これから親の年齢からして、こういうことが多くなるだろうことは、ひそかに覚悟した。

私はといえば、外でわんわん蟬が鳴いているのに、シチューの原稿なんか書いている。「煮込み料理の季節がやってきた……」とか。私はまだ文字だけだが、編集部の人なんか、今頃写真に撮っているのだからなあ。

カラーの写真入り雑誌は、特に締め切りが早く、打ち合わせでも、二ヵ月くらい先の話をする。ノースリーブでまぶしそうに歩く人々を、喫茶店の窓ガラスの向こうに見ながら、

「今度の号の特集は、何ですか」

「鍋です」

なんて。四月は「梅雨の湿気対策」だったし六月は「ひんやり涼麵」だったし、齢を取るのが二ヵ月ずつ加速しそう。

そうそう、先月振り回された不明熱は、私をおおいにびびらせたCRPなる値がゼロになり、落着した。ただし、年齢的に婦人科系の機能が低下してくる頃なので、それを補い、冷

え性、腰痛を改善するという漢方薬を処方してもらいに、二週間にいっぺん通院している。

こちらの方は「喉元過ぎれば熱さ忘れる」とならぬよう気をつけたいところだが、今回のことでは、医療について考えた。医療過誤訴訟とか医療ミスとかが、新聞でやたら話題になるけれど、おおもとにはインフォームド・コンセントができていないことがある。逆に、極端なことを言えば、医師とコミュニケーションがきちんととれて「全力を尽くしてくれた」と感じれば、仮にその人の能力不足で、悪い結果になったとて、「あの先生はよくやってくれた」と感謝するメンタリティが日本人にはあると、本で読んだ。

そういう点では、そのときどきでわかることとわからないことをすべて説明してくれた今回の先生は、まことに信頼できる医師だった。これからは、私も休業時の所得保障がない人間として、健康管理しないといけないが、ああいう先生をホームドクターとしてみつけられれば、いいと思う。

企画書は出たものの

週刊朝日の編集部に書評の原稿を、恥ずかしくもファックスで送る。なぜ「恥ずかしくも」かと言うと、書評担当の人に、わざわざ人を紹介してもらってまでしてパソコンを購入し、早ひと月半になるのに、いまだメールで送れないため。

他の出版社に対しては、買ったことはいまだ極秘扱いだ。

「今すぐにでもマスターせよ。そして原稿をメールで送れ」

と要求されるに決まっている。それができれば、私だって苦労はしない。

ある社は、ひとり一台態勢になったが、当然使えない人は多いから、専門のインストラクターを雇っている。その人は大忙しで、フロアーのあちこちから、

「〇〇さーん、お願い、また何か変」

と呼ばれ、席にいる暇もないそうだ。

そんな話に、

「ふーん」

と気のない相づちを打ちつつ、心の中では、

(その〇〇さん、私のところへも一日なんぼかで派遣したって!)

と叫んでいる私である。

あー、一社にだけ、購入がバレたのだ。六月に本を出してもらった会社で、打ち上げ兼お祝いに、昼に神楽坂の寿司屋でちらし寿司を食べた。私はパソコン購入直後で、行きがけに買った「ウィンドウズ」と「一太郎」の参考書を、袋のまま、となりの椅子の上に置いていた。その袋から、表紙が透けて見えていたのだ。さすが本を扱う会社の人、タイトルにはめ

ざとい。

「あれっ、岸本さん、ついに買ったんですね」

「あ、その、実は」

その男性はパソコンに詳しかった。というより、今の私には、パソコンを扱える人は皆「詳しい」人になる。

例えば、私のかねてよりの疑問に、

「今や単行本はフロッピーで入稿するのが一般的だが、文庫のときはどうするのだろう」

というのがある。フロッピーのコピーを著者がとっておいたとしても、校正刷りの段階で相当直すから、フロッピーに残る文章と本となったものとは、かなり違う。文庫のときは、単行本をもとに、一から打ち直すのだろうか。

そう訊くと彼は、

「単行本として出したときの文章が、印刷会社のホスト・コンピューターにそっくり保存されているんです」

と説明した。そうだったのか。進んでるー。しかし、単行本の出版点数の多さを思うと、そのホスト・コンピューターとやらのデータ容量は、すごいものだな。

私が本を出しはじめた頃は、「版下」というものがあった。すべての本を、それをもとに作っていたのかどうかは知らない。

縦横のマス目の入った白い台紙に、文字を打った紙を、カッターで切ってはスプレー糊で貼りつける。中国から帰国してしばらく、パートタイマーとして勤めた会社が、版下を製作していた。

カッティングのミスか、一文字とか二文字行方不明になることがあり、パートの私は、

「『い』と『よ』が足りない。君、ひとっ走り行ってきて」

と命ぜられ、近所のビルの三階にある写植屋まで、

「あのー、『い』と『よ』を下さい」

と取りにいくことがよくあった。「て」がなくなり、代わりに、なぜか余っていた「で」の点々を、細心の注意を払ってカッターで切り落とし、使ったこともある。

そうして、やっとこすっとこ出来上がった本一冊分の版下を、紙袋に入れたまま電話ボックスの中に忘れたと気づき、硬直して倒れそうになった社員もいた。わずか十数年前のことなのだから、今は昔だ。

パソコンに「詳しい」彼から、パソコン習得記を本にしませんかとの手紙が来たのは、参考書を目撃されてから、半月あまりしてからだ。これは、嬉しくも、意外な申し越しだった。六月に出した本は初版もまだ売り切ってはおらず、寿司までごちそうになりながら、顔向けできないと思っていた。会社を訪ねるどころか、

「しばらくは神楽坂界隈も歩けないいな」

と。その段階で、次の企画の話などしてもらって、いいのだろうか。

彼によると、たしかに「売れた！」とは言えなくも、同月刊行の同ジャンルの本の中では、悪くないのだと。とりあえず胸をなで下ろしたが、初版が売れずに「悪くない」とは、出版全体の先行きが思いやられ、ぬか喜びはできないのだった。

何にせよ、この不況下に本を作ってくれようと考えてくれるだけで、ありがたい。しかし、かんじんの「習得」は……。

「恥ずかしながら、六月の寿司屋より、事態はまったく進展せず、わが家のパソコンはいまだ単なるブツであります。コードだけはつながっているので、『充電中』と言えば言えますが」と返事を出した。ほんとうを言えば、充電がされているかもあやしいのだ。いっぺん、誤って引っこ抜いている。

昼は冷やしうどんにしようと、台所で稲庭《いなにわ》うどん（これがおいしい）をゆでているとき、仕事部屋の電話が鳴った。火を止め、箸を握ったまま駆けつけて、受話器を取るとファックスの音。いち早くスタートボタンを押し、続きをゆでるべく、台所に戻ろうとしたとき、何かにはでに蹴《け》つまずいた。足もとに、はずれたコードの先っちょが。

パソコンとファックス電話とを結ぶものだとは、わかった。が、どこにどうつながっていたものか。自分で接続していないので、差し込むべきところがわからない。放置すると、とり返しのつかぬことになる？

「ええい、しかたない」

ゆでかけの麺をいったんざるに上げ、買ったとき付いていた説明書をめくる。そのそばから、ファックスが紙切れになりピーピー鳴り、

「わー、もう」

昼ご飯どころではなくなった。

一応つないだが、復旧しているのかどうか。

彼からの続く手紙によれば、操作に関する部分は、間違いのないものにしたいので、監修者、ひらたく言えば「先生」をつけることを考えている。で、そのときどきの課題を設ける、と。願ったりかなったりだ。

今は、現時点で扱えるワープロの方に頼りきりで、パソコンには何らかの「強制力」がない限り、手をつけそうにない。ある日突然ワープロが壊れでもしたら、パニックである。

編集部で、現在「先生」となってくれる女性を探しているとのこと。

「ただし、岸本さんがなかなかできず、ジタバタする姿がおもしろいだろうから、なるべく高いハードルを設け、『極力助けない』ということで、見解の一致をみております」

と。皆さん、ほんとに性格がよろしく、ありがたいと言おうか何と言おうか。

彼はさらに企画書を作ってきてくれて、

「おお、そこまで進めてくれているとは」

と感動した。

私の場合、出版社の方から企画書が出ることは少なく、たいていは私が作り、持ちかける。仮タイトル、趣旨、項目案、詳細の四つを書いて。

趣旨とは、その本で何をしたいか、どんな読者にどういうメッセージを伝えたいか。項目案とは、本にしたときの章にあたるもので、十数個挙げることが多い。詳細とは各章の具体的な内容を箇条書きしたもの。

それらをA4の紙二、三枚にまとめ、お付き合いのある会社に、以前本を出してもらったときのほとぼりがさめた頃、おずおずと差し出す。なんだか「営業」みたいだが。

今回の企画書も、正式決定はまだ。そちらの方は彼に任せて、私は私でめでたく会議を通ったあかつきに備え、今よく売れているというサトウサンペイさんの『パソコンのパの字から』でも読んで、「マーケティングリサーチ」っぽいことをしよう。

そろそろ来年のこと

お盆のUターンラッシュがはじまっているらしいが、出版社は休まないところが増えた。先週も、打ち合わせの日取りを相談していて、

「えっ、十四日!? 私は結構ですが、会社はお休みではないんでしょうか?」

と、こちらから聞き返すほどだった。

お盆の中日、十五日も、私は親の家に行ったが、留守電には仕事関係のメッセージがばんばん入っていた。

十六日は「通常営業」したが、打ち合わせの場所と決めた喫茶店が休みで、店の前に編集者が立って待っていたりした。

それにしても、いつまで続くか、この暑さ。ワープロを打っていても、椅子に接する腿の面が汗ばんで、思わず立て膝をし、風を通したくなる。

仕事部屋の窓は西向き。日当たりは午後から本格化し、西日の時間帯など、カーテンを閉めて冷房をつけても、顔だけがかあーっと熱くなる。悪くしたことに、机がちょうど窓の方を向いている、というよりも、レイアウト上、それしか置きようがない。こりゃ、カーテンの他に、よしずか何かが要るな。

ふうふう言いながらも、十月に出る文庫の初校ゲラを戻し、ひと息つく。今年出る本の初校ゲラは、十二月の文庫の一冊ぶんを残すのみだ。それも、今月末に受け取り、来月上旬には返せる予定。

再校はまだ三冊ぶんあるが、初校とは作業量が違う。初校は、原稿を書いてから久々に自分の文章を読むので、まったく新しい目で読み込まないといけないし、各篇の並び順はこれでいいかといった、検討事項も多い。再校だと、直しもぐっと少なくなる。

今年は、前に書いたものの出る時期がたまたま重なったりして、上半期は、ゲラが出ては戻し出ては戻し、だった。

ようやっと一段落し、そろそろ来年のことを考える季節。パソコンの本のほか、いくつか私から相談している企画があるが。

会社員でも誰でも三十代は、死にものぐるいで働いて力をつけるべきときだから、こんなことを言うのは十年も二十年も早いけれど、来年はもう少し本を読んだり、美術展に行ったりもしたい。新聞で広告を切り抜いたのに読んでいない本がずいぶんあるし、美術展は皆無。平等院展は惜しかった。

財界人で、移動時間も管理された分刻みのスケジュールの中でも、オペラや音楽会に足を運んでいる人は、えらいと思う。忙しさを理由に、そういう時間を持つことを怠ったりはしないのだ。

本については、取材などで、

「年に何冊くらい読みますか」

とよく聞かれる。これは、たいへん難しい質問。音楽好きの人は、

「CDを年に何枚聴きますか」

と聞かれるのだろうか。そしてまた、その質問に答えられるものなのか。

記事を書く側にすれば「年間に読む本は、百冊を下らないという○○さん」のような紹介文をつけたくなるのは、わかる。が、この質問は、

「年に何杯麵類を食べますか」

というのと同じで、日に三杯のときもあれば、三日間まったく口にしないこと、あるいは食べたのを忘れている場合もあるだろう。また、ラーメンならラーメンに限って、

「年に三百杯は食べます」

となればラーメンのわかる人と言えるし、スープがどうの麵のちぢれ具合がどうのと語ることもできようが、スパゲティもうどんも焼きそばも含めた単なる「麵類」では数を出したところで、「だから何なんだ?」の気がするけれど。喩えにちょっと無理があったか。

年に何冊かはわからないけれど、今月はひと晩で十六冊なんてことがあったぞ。若い女性向けのコミックで、文庫化にあたり解説を付ける仕事だった。引き受けたところ、宅配便で送られてきて、なんと全十六巻!

寝る前に時間のできたとき、少しずつ読み進めておくつもりが、はじめ二冊に目を通したら、その晩じゅうに終わりまでのストーリーを把握しないと気がすまなくなり、ぶっ通しでページをめくり続けたら、ヒロイン同様目の中に星が回って、読み終わるやベッドの中に倒れ込んだ。

あの十六巻連続読みは苦行《くぎょう》であったが、趣味と呼べるものがない私は、暇つぶしというと

読書になる。

「ストレス解消法は特になし」とどこかで書いたけれど、料理の本を眺めるのは、たぶんに気ばらしのところがかなりある。栗原はるみさんの本はかなり持っているし、昨年来ブームの『粗食のすすめ』シリーズは、「冬」の巻からはじまり、「春」「夏」も買ってしまった。

それに従い、どれだけ作るかというと、めったに作りはしないのだ。料理そのものは、することはするが、本はもっぱら鑑賞用。おいしそうで、器や盛り付けのセンスもいい写真にうっとりし、時間ができたらいつか作ろう、作れると思い、それで満足。

仕事が詰まっているときほど、料理本にいくな。文字疲れした頭を休めようとするのか。だから、写真がきれいなことと、レイアウトがすっきりしていることは必要条件。

一日ずーっとワープロに向かっていると、ちょっと外へ出たくなる。今の季節だと、昼間は暑いから、夕方七時くらいから。駅のそばのパルコブックセンターも、東急百貨店の中にある紀伊國屋書店も夜八時までなので、まだゆっくり店内を歩き回れる。

今日も七時過ぎから行き、紀伊國屋書店で何冊か注文した後、そのまま手ぶらで帰るのは、なんとなく物足りなく、料理本コーナーに回ってしまった。そうしたら『粗食のすすめ　秋のレシピ』が出たばかりで、思わず購入。やめなさいって。「夏」の巻の料理だって、まだひとつも作っていないのに。『盆栽ガーデニング』という本もほしかったが、レジに持っていく寸前で、さすがに思いとどまった。衝動買いは一冊だけにしなさいね。

デパートを出て、商店街を通る。

この時間、商店街は、実にいろいろな匂いで満ちている。飲食店が多いせいだろう。肉を炒める匂い、魚を焼く匂い、住宅が混在しているせいか、どこかからご飯が炊ける匂いもする。道ばたに段ボールをたくさん積んだ八百屋には、自転車をひいた女性や、勤め帰りとおぼしき男性が立ち寄り、人々の汗の匂いもする。

それらの中で、深く息を吸うと、

（ああ、夏の宵だなあ）

という実感が、胸を浸す。人々が働き、夕飯のしたくをし、あるいは店で食べた後、暑かった一日だけれど、今日もまたちゃんと終わろうとしている。

市中は物のにほひや夏の月　凡兆

そんな句を思い出す。昼間ずっと家にいて、同じ空気ばかりを呼吸している私には、雑多な匂いが、とても新鮮に感じられるのだ。

八百屋のライトがこうこうと照らし出す店先にも、どこからか虫の声が、絶え間なく降りかかる。駐車場の金網の、ほんのわずかな草かげからか。

家に帰って、部屋に上がると、冷房の音がまだしないぶん、たくさんの鈴を振り鳴らすような虫の声に包まれた。前後の窓から、ガラス越しカーテン越しに聞こえてくる。

今月ももうすぐ終わる。考えてみれば、月初めには夜中暑さで目が覚めていたのに、この頃はよく眠れる。「暑い暑い」と言われながらも、季節はちゃんと秋に向かっている。そう、私は何によらず、この「ちゃんと」という感じが、好きなのだ。優等生とか完全主義とかいう意味ではなく（そういう性格が私の中にあることは否めないが）、地に足が着いた「ちゃんと」。

そうした発見のひとつひとつがなぜか嬉しい、八月末の晩だった。

九月

生計を立てるということ

銀行で通帳記入したのを機に、先月ひと月間に振り込まれた原稿料などを合計してみたら、ローン、管理費、光熱費、その他日々の支出の合計に、満たないことがわかった。

しばし慟哭《どうこく》。土曜も日曜もなく働いて、こうとは。

「ショッピングの女王」みたいに、ムダ遣いしたわけでは、まったくない。服なんて、先月買ったのは、千二百円のTシャツ一枚だけ。大きな出費としては、二ヵ月ぶりに行った美容院代くらいで、化粧品代もゼロである。なのに、なぜー!?

月々の収入は決まっていないので、たまたまこうして合計を出してみない限り、自分でも把握できないが、

「印税のない月は、全然足りていないのだなあ」

ということだけは、よくわかった。

「だなあ」などと、のんびり述懐している場合ではない。ゆゆしい事態。

あまりに少ないので、

（どこか大口のところで、伝票切るのを忘れているのがあるんじゃないか）

と「進行表」の六月のページをひっくり返してみたほどだ。

なぜに六月のページかというと、月刊誌では、六月に書くと、七月に出る八月号に載り、八月に振り込まれるパターンが多いので。が、ものによっては九月号だったり、経理の処理が「掲載号の月の末日で締め翌々月払い」だったりと、アテにならない。

六月の私の働きぶりはというと、たしかに勤勉に執筆はしている。が、本のための書き下ろし原稿が多い。そっちの方は、いつの日か本になってからではないと、まったくお金にならないのだ。

この、書き下ろし原稿と雑誌や新聞に載せる原稿との、月々におけるバランスは、常に悩むところである。前者だけだと「換金期限」があまりに先なので、生計が成り立たない。かといって、後者を引き受けすぎてしまっても、書き下ろしが進まず＝印税が入ってこず、やはり立ちゆかなくなる。

難しいところだ。

このての悩みは、なかなか人に打ち明けられない。前に、会社員の男性に、ちらともらしたところ、

「でも、好きなことやってるんだから、いいじゃん」

と、一言の下に退けられてしまった。そー言やそーだが。

「いいよなあ、才能あって」

と言われたこともある。

才能？

それがあると自分で思えたならば、誰もこんな、いつまで続けられるかとびくびくしながら働きやしない。

いや、仮に「ある」と思えたら、もっと悲惨だろう。なぜなら、出版というひとつの経済活動（文化活動だ、との反論もあろうが、本を売る買うという、お金が動く行為が媒介し、原価計算などもされるからには、まぎれもない経済活動のひとつ）の中で、どのくらい書く場を得られるかは、才能と、必ずしも比例しないからである。

それにしても、マンションを買うとき、銀行はよく貸してくれたものだよなと、今さらながら思う。ラッキーとしか言いようがない。

ま、通帳を睨《にら》んで溜め息つくのも、このへんにして。

本日の昼は、ひじきチャーハンを作る。ひと口食べて、

（ああ、これって、おいしすぎる！）

干しえび、ちりめんじゃこ、ピーマン、ネギ、そして何より豚の「みじん切り」を入れたのが決めてとなった。この豚は、いわくつきで、前にローストポークに挑戦して、失敗したものなのだ。

そのときは力が入っていて、肉がおいしくなるようわざわざ前々日から塩こしようとにんにく少々をすり込んで、二晩置いて、オーブンに入れ、料理本に書いてあるとーりの温度、時間にセットした。ところが、時間が十分過ぎても、二十分過ぎても、いっこうに中まで火が通らないではないか。切ってみると、生焼けのまま。

しびれを切らし、禁じ手だとは思ったが、電子レンジで急速加熱したら、せっかくの肉汁が、なんと全部流れ出てしまった。電子レンジは、中の水分を引き出す性質があるのだ。

出来上がったローストポークは、固くて固くて、噛めやしない。

が、ここであきらめないのが、私のしつこさ。そのままでは歯が立たないから、包丁でみじん切りにし、冷凍した。これがチャーハンの具として最高だったのだ。何たって、下ごしらえには手間をかけている。味そのものは、おいしくないわけがない。失敗は成功のもとと すべし。

豚のみじん切りのストックが尽きるまで、そればかり、作り続けた。ご飯は胚芽米で、栄養たっぷり。

今月も、「週刊朝日」の書評の番。柳原和子著『がん患者学』(晶文社)にする。

ノンフィクション作家の柳原さんが、病を得たのをきっかけに、患者や医療関係者、医療訴訟に携わってきた弁護士などにインタビューし、自らの闘病記も収めた。重い投げかけを含む本で、本すじは書評原稿にゆずるが、それとはずれるところでも、いろいろと感じ入るものがあった。

ひとつには、倒れる前の柳原さんが、生計を立てるのに、とても苦労していたらしいこと。柳原さんには『「在外」日本人』（晶文社・講談社文庫）という著書があり、高い評価を受けていながら、その柳原さんでも食べていくためには相当な無理をして働かなければならなかったのかと、読んでいてせつなくなってしまった。軽いといわれるエッセイを出している私が言うのも何だが、柳原さんのような著者こそ、第一に報われてほしいと思う。

ノンフィクションの人は、取材費もかかり、きついとはよく聞いている。が、柳原さんのように力があって、頑張りのきく人ならば、『「在外」日本人』の評価をもとに、どこかの編集部に企画を持ちかけ、取材費をもらいながら、仕事をすることもできたのではないか。あるいは、そのように立ち回ることを、潔《いさぎよ》しとしなかったのだろうか。

団塊の世代より、少し後の一九五〇年生まれ。若き日の時代の雰囲気もあり、体制内に取り込まれる生き方を、拒否してきたのかもしれない。妥協をよしとしない性格と、強い意志は、文章のはしばしからもうかがえる。

本でしか存じ上げない方に、しかも年下の私が、性格を云々するのは失礼だとは思うけれど、この本にみられる、痛々しいまでのまじめさに、つい筆がすべってしまった。

もうひとつ、本すじとは関係なく、おおっ？　と思ったのが、全然違う話だが、玄米食についてである。この本に出てくる、長期生存を遂げたがん患者は、玄米菜食を実行していた。

柳原さんも試してみたという。すると便通にすさまじい変化が起こったとか。長さ数十センチメートルのものが、一日に何本も。

他がすべてシリアスな記述であるだけに、その箇所が、妙に印象的だった。

(そうか、玄米って、そんなにいいのか)

生き死にとか、医療とか、重要なテーマをいくつも含んだ本で、「便通」をよくするヒントを得たとは、あまりにも形而下的な関心で恥ずかしいが。

それまでは胚芽米だった私は、さっそく玄米を買ってきて、切替をはかることにした。

これって、ご縁？

今月は久しぶりに会う人がいる。少し年上の女性編集者である。

考えてみれば、会うのはまだ二回めだ。なのに、なんだか楽しみなのは、一回めのとき「ウマが合う」と感じたためである。少なくとも私の方は。

彼女が担当の女性著者の本を、私が何かで書評したのが、ご縁のはじまりだった。私たちの母くらいの世代の著者で、その人が、私たちをレストランに招いてくれた。こぢんまりして品のいいフランス料理店だった。

私は彼女が、

「せ、先生、そんな、私どもでお払いしますから」

などと言い張ったりせず、自然にごちそうになっているところがよいと思った。後でわかったが、その著者は、年下の人や出版社の人から、へんに気をつかわれたりせず、ふつうにお付き合いするのが好きなのだ。

「それじゃあ、また」

レストランに近い駅で別れたのが、たしかもう四年前。

その後、いったんはとぎれていた。彼女の会社には、前から私に本を書くことをすすめてくれる人がいて、担当を差し置いて、彼女と直接連絡を取り合うのは、遠慮された。

その人は、もう会社を辞めている。

今年に入って、「四十歳」をテーマに原稿を書くことが多くなり、

(そう言えば、レストランでごいっしょしたあの人は、たぶん四十を過ぎたはずだ。今も、仕事をしているのかな)

と思い出した。そこへ、彼女の会社から移転の知らせが。住所を眺めているうちに、

(手紙でも出してみるか)

という気を起こし、それがきっかけで、再会することになったのである。

「ドームホテルって、ご存じですか」

電話で彼女。

「東京ドームのとなりにできたんですよ。そこだと、とにかく大きいので、絶対わかると思います」

ドームのとなりに、ホテルなんて建つような土地あっただろうかと半信半疑で、駅を降りたところ、なるほど、巨大なホテルが出現していて、びっくりした。あまりに大きすぎて、はじめは目に入らなかったくらいだ。

ロビーに座るや、冷房対策として持ってきたカーディガンをはおりスカーフを膝に掛けながら、

(いったいどういう人が泊まるんだろう)

と、通行人をじっと観察してしまった。ビジネスマンは少なく、観戦客らしき人がほとんど。夜のバーで、巨人ファンと阪神ファンが乱闘になったりしないんだろうか。

と、現れた彼女と、たがいの足もとを見て、

「あっ」

と小さく声を上げた。

「膝掛けですか」

「もしかして、靴下、二枚ばき？」

彼女はズボン姿だが、靴との間にほんのちょっと覗いている靴下部分が、妙にボリューム

がある。

私の指摘に、ははは と笑って、

「そうなんです、なんか去年くらいから、ものすごく冷房に弱くなって」

「私もです、ほら長袖をしっかり持ってるし」

「四十歳」らしい話題で、四年間のブランクがいっきに埋まってしまった。

彼女もその間、私と似たようなライフ・イベントをたどったようだ。マンション購入、親の死。

体のあちこちにガタがきて、健康食をはじめたのも私と同じ。玄米食もすでに実行しているという。炊き方や、根菜の調理法などを話すうち、アッという間に時間が過ぎる。

まだいくらでも話すことはありそうだったが、次の用事があったので、そろそろおいとましなければならないかなと思ったとき、彼女がふいに、私のある本について、

「あれはもう、どちらかで文庫にすることがお決まりですか」

と聞いてきた。とっさに、記憶をたぐり寄せる。

出たばかりの頃、何人かとそんな話をしたこともあった。が、決定ではない。いずれの社とも、その前に作るべき本があったし、先のことでもあったので、

（そのときになったら、考えよう）

と、具体的には詰めずにきた。文庫は、元の本が出てから、三年経ってからというのが、

一般的である。

それきり、何もしていなかったが、もうそんな時期か。

あの本を作っていたのは、母の亡くなる年だったから、九八年。来年が二〇〇一年だから、たしかに来年でまる三年。

彼女の申し出は、もしまだ決定していなければ、自分のところの文庫に収めたい、とのことだった。もともと単行本も文庫も作っていたが、このたび文庫の方を任せられることになったという。

突然の展開に、えっと答えに詰まったが、一拍置いて、

「お願いします」

と返事した。これはもう「縁」なのだ。

はじめに、レストランで引き合わされたのも、その後、私の担当だった人が辞めて、その会社で知る人は彼女だけになったのも、「四十歳」を前に彼女のことを思い出したのも、そのタイミングで、移転のお知らせが来たのも、すべて縁。世の中には、あれこれ考え条件を比較したりするよりも、目の前にめぐってきた縁を、ぎゅっとつかんで、だいじにした方がいいこともある。直感的に、そう思った。

刊行はいつにするか、そのための作業スケジュールはと、あれよあれよという間に、具体的になっていった。

「えっと、あれが出たのが、たしか一月だったから」

「来年早々に出すとして、どうでしょう、加筆はかなりありそうですか」

「いえ、そんなには」

話を進めながらも、

（あれ、でも、もうそんなところまで詰めていいんだろうか。これから上にあげていくとかの、手続きがあるんじゃなかろうか）

と心配になったが、よくよく考えてみれば、任せられたということは、文庫に関しては、彼女がいちばん「上」なのだった。

いやー、ものごとって、決まるときは早いものだな。自分であっけにとられてしまう。

「それじゃあ、これからやりとりすることが多くなると思いますが」

「よろしくお願いします」

すっかりその気になって席を立ち、足早に駅へと向かって、ホームに立った瞬間に、とんでもない勘違いをしていたことに気がついた。あの本を作っていたのが、母が病気中の九八年十一月だから、刊行は次の年の一月、九九年だ。

その夜は電話で話す機会がなかったので、ファックスで知らせておいた。刊行は打ち合わせしていたより先になってしまうが、いずれにしろ、彼女のところで文庫化してもらいたい旨、書き添えた。

逆に言えば、一年勘違いしていなかったら、こうもはっきりした共通目標を、彼女との間に、現段階では立てられなかったかもしれない。すべて、偶然と言えば偶然だが、偶然が重なることが「縁」なのだ。私は特別に宗教を信じてはいないが、「縁」の存在をつくづく感じた一日だった。

「不明熱」の正体がわかった！

そんなこんなで、しばらくは順調にいけるんではと思われた、九月下旬のこと。またしても不明熱に襲われたのだ。

木曜日の午後、いつものように、家でワープロを打っていた。しかし、なんだか腹が張る、異物感がある。

玄米食中心にしてからというもの、便通はよいので、

(そっちの方の問題はないのに、なぜ?)

と訝《いぶか》しみつつも、打ち続けていたが、腰の痛さが耐え難くなってきた。特別長時間座っているわけでもないのに、なぜなのか。

次いで体がぞくぞくし、とてつもなくだるくなってきた。この感じは、七月にもあった。

もしかして。

その夜は七時に神田の焼き鳥屋で、大学の同級生と集まることになっていて、六時に家を出るつもりだった。

（それまでに、なんとか治そう）

とベッドにもぐり込んだが、四時、五時と過ぎていっても、どうしても起き上がれない。五時半の段階で、これはもうだめだと判断し、ベッドから這いずり出して、受話器のところへにじり寄り、欠席を伝えて、後はもう、ひたすら熱に耐える時間となってしまった。

この熱は、すごく暴力的といおうか。同じ八度台でも風邪の熱なら一時的に薬で下げ、とりあえず「這ってでも行く」ことが、これまでの経験では可能である。が、この熱は、まったくそれを許さない。

前ぶれなくやって来て、あらゆる動きを、否応なしにストップさせる。日々割り振った仕事の進行など、まったく顧慮せず、他の人で代替不可能なものだろうと何だろうと、すべてのスケジュールをふっ飛ばしてしまうのだ。インフルエンザが、こんな感じだろうか。

金曜日、熱が少し下がった隙に、七月のレディースクリニックに行った。血液を採り、先回と同じ薬を処方してもらう。

検査の結果が出て、治療の方針が立てられるのが、月曜日。中二日あく。

この中二日が、つらかった。肉体的にも精神的にも。今回は、薬がほとんど効かないのだ。

熱についてのは、七度台まで下がるときもある。しかし、下腹部痛と腰痛は、立っても座っても常にあり、横にならずにいられない。しかも、日を追うごとに、強くなる。

（薬も効かないとは、私の体にいったい何が起きているのか）

悪い方へ悪い方へと考えそうになる。痛みに耐えるだけで、どんどん時間が過ぎていく、焦燥感も相当なものだ。

不幸中の幸いは、先回も今回も週末であったこと。どうしても行かなくてはならない仕事はない。

が、将来もいつなんどきこうなるかわからない病気を、体質的に抱え込んでしまったとしたら。取材の予定もおちおち入れられない。

夜が特に症状がひどく、何時間も寝つけずに、うとうとしても、また痛みで目が覚める。

（これは、いよいよ入院か）

（来週、再来週の仕事をどう断ろう）

と、予定されている仕事を頭の中に書き出しては、並べ換えたりばってんをつけたりした。

が、それもはじめのうち。そういう夜が、木、金、土と三晩も続くと、さすがに開き直りの境地に達し、日曜の夜など、

（もういい、全部キャンセルでも。誰も死にそうになっている人間の首に縄をつけて働けとは言うまい）

と、妙に気が大きくなっていたのである。

そして、週明けの月曜日、七月と今回と二度にわたって私を苦しめた熱の正体が、ついにあきらかにされた。

この日はめまぐるしい日で、まず午前中行ったレディースクリニックでは、血液検査の結果CRPはやはり高い、しかし婦人科的には異状はない、とのことで、

「これはもう大きな病院で、婦人科以外のところを、調べた方がいいかもしれない」

と、その場で即、紹介状を書き、大学病院に当日予約まで入れてくれた。外来は午前中だ。急げ！

紹介状を握りしめ、レディースクリニックを出たところでエレベーターを待っていたが、こんなときに限って、何をぐずぐずしているんだか、いっこうに上がって来ず、しびれを切らし、五階から一階までいっきに走り降りてしまった。朝、家からここに来るときは、腹に響かないよう、歩くのもそろそろとだったのに、

(火事場のクソ力って、こういうのを言うのか)

と、走りながら思った。タクシーを止めて、運転手さんに場所を言うときも、われながらきびきびしていた。

そして駆けつけた大学病院では、レントゲン、超音波でも、あやしの影はみつからず。

「こういう場合、まず考えられるのが腸炎です」

腸炎？

蝶々のように目をぱちくりさせてしまった。

腸の問題だったわけ？

玄米食のおかげで、食べたものはきちっと排出していたためか、いわゆる消化器的な症状はなく、まさか腸とは思わなかった。

「腸炎ならば、入院して二日間絶食すれば治ります」

と先生。万が一それでよくならなかったら。そのときは難しい病気の可能性もあるので、さらなる検査が必要になると。

「と、入院するとしたら、何日みればよろしいんでしょうか」

「さあ、そればっかりは、とにかく腸を空っぽにしてみないことには」

あれこれ考え、「そこをなんとか」と入院だけはかんべんしてもらい、自宅で薬でようすをみることにした。

「ただし、なるべく食べないことです」

金土日曜とも、「飯は基本」と考えて、冷凍してあった玄米飯や根菜の煮物を解凍しては、頑張って食べていたのだが、それがかえってよくなかった。繊維質だから、腸によけい負担がかかる。

言われてみれば、土曜の夜くらいからは、さすがに消化不良の便となっていたが、無知と

はかくも恐ろしきものか、

（熱が続いているから、腸が弱っている）

と思って、さして気にとめなかった。原因と結果が逆だったのだ。

月曜は朝から夕方まで病院間を走り回り、結構だいじょうぶだったのは、「火事場のクソ力」のせいのみならず、昼をとる時間もなくて結果的に絶食状態にあったからではなかろうか。

それから一週間は、とにかく安静。口に入れるものとしては、砂糖水（私はセミ？）にはじまって、味噌を湯で溶いたもの、野菜ジュース、おかゆ、ポタージュスープにパンをひたしたものと、段階を踏みつつも、流動食オンリーだった。かぼちゃの缶詰には、どれだけ世話になったかわからない。顔が黄色くなるのではと思うほど。

最後の方になると、食欲との闘いだった。折しもシドニーオリンピックの後半戦で、

「何々選手は、勝つためにカツ丼を食べたそうです」

などとニュースで報じていると、

（今の私にカツ丼なんて言わないでー）

と耳をふさいで逃げたくなった。仮に食べ物を投げ合うようなバラエティ番組が映ったら、間違いなくテレビを叩き壊しただろう。

それなのに、体重は全然減らない！　休み休みワープロに向かうくらいで、運動をしないからだろうか。ポタージュスープなんて、かなりカロリー高そうだし。

こんなにまでして食べるのをがまんしても、ちっとも痩せないのだから、「ダイエットで何キロの減量に成功！」なんて人は、さぞや死ぬ思いだろう。

その週はたまたま、外に出る用事で、どうしても行かないといけないものはなかったので、自宅で受ける取材以外は、すべて断った。金曜日から月曜ぶんの遅れを取り戻すべく、馬車馬のようにワープロを打ちたいが、うまくしたものでと言うべきか、日に三回服用の薬を飲むと眠くなり、おのずとブレーキがかかる。稼働率は通常の半分といったところか。

仕事の電話には出ていたが、話してみて、腸炎を患ったことのある人が多いのに驚いた。月曜の夜と火曜日だけで、三人もいた。

過労のときかかりやすいものとして、ポピュラーらしい。ふだんなら接してもそれほど影響を受けない、ウィルスや細菌が、疲れていると、どっと腸に来るらしい。

通勤も、組織のプレッシャーもなく、人間関係のストレスも少ない私は、過労という意識はなかったが、

「自分で感じている疲れと、内臓が感じている疲れは違うのよ」

と電話相手に諭《さと》された。

「内臓からの声」に耳を傾けることを学んだ九月だった。

こんな本を読みました　秋

北村薫さんは、私のまわりにもファンの多い作家である。

ミステリーにうとい私は、名を知りつつも、読んだことがなかったが、

「それはもったいない。〈円紫さんと私〉シリーズからまずはじめなさい」

と、知り合いの本好きの女性から、強くすすめられた。中年落語家と女子大生がコンビを組んで、推理をくり広げていくシリーズだとか。

「中年と女子大生？」

堅物《かたぶつ》の私は、フェロモンが分泌されそうな、あやしげな組み合わせに、眉を寄せたが、

「そんな、深夜番組に出てくるような、コマダムみたいな、いわゆるジョシダイセーとは全然違うんだって」

説得されて、まずは『夜の蟬』からはじめた。ここに挙げる本はすべて、創元推理文庫である。

なるほど、知り合いの言うとおり。ヒロイン〈私〉は、小説の主人公になかったタイプではないだろうか。

正しくは女子大ではなく共学の大学の国文科。外見は男の子みたいな女の子だ。勉強が好

きで、気の合う女の友だちがいて、いつも仲よし三人組で、本の話や部活の話をしたり、語呂合わせみたいな冗談で笑い合ったりしながら、親元から通い、まじめに学生生活を送っている。同性の私でも、

「今どき、まだこんな子がいるのか」

と、ほっとするような子なのである。「女子大生」という語で世間が思い描く、ステレオタイプにはまらない、こういうヒロインを男性作家が造形できる、そのことにまず驚いた。

北村さんは覆面作家としてデビューし、薫というどちらの性にもあり得る名からして、まさに現役の女子学生が書いているのではと憶測されたこともあったらしい。のちに、某県立女子高校の国語の先生であることがあきらかにされ（今は作家専業）、

「なるほど、だから定型にとらわれない女の子を描くことができるのか？」

とも思った。

私でも「ほっとする」と書いたが、このシリーズが人気なのには、〈私〉と〈私〉が住んでいる、二十歳前後の学生という「時間」に対する、大人たちのノスタルジーがあるだろう。働いて糧《かて》を得ること、人を愛することなどから、心のうちに溜っていく濁りや澱《よど》みをまだ持たぬ、純粋な自分でいられた季節への憧憬《どうけい》が。

版元もいつからか、主人公のそうした魅力で読者をひきつけていることに気づいたのだろう。帯の文章も、ノスタルジーをくすぐるものとなっている。

「水無月のころ　円紫さんとの出逢いショートカットの《私》は十九歳」（『空飛ぶ馬』）

「『私達って、そんなにもろいんでしょうか』生と死を見つめて《私》はまたひとつ階段を上る」

　でしょう？　なんて、勘ぐり過ぎか。

　円紫さんは、同じ国文科の出身で、すばらしい秀才だったため、研究者の道に進むよう教授からすすめられたが、意志を通して落語家になった。知的で、おだやかで、透明感のある人。そうした設定も、中年と女子大生という組み合わせにまつわる偏見から、二人を自由にしている。

『空飛ぶ馬』『夜の蟬』では、日常的な風景の中での謎解きなのだが、シリーズ三作めの『秋の花』では、初めて殺人事件が起こる。

《私》が卒業した女子校で、文化祭の準備中、ひとりの生徒が転落死した。自殺か、他殺か、不慮《ふりよ》の事故か。やがて、円紫さんが解決に乗り出すのだが。

《私》が生まれて育った町を、円紫さんと歩くシーンが、印象的だ。つまらない町でと謙遜する《私》に、円紫さんは言う。あなたも何年かしたら、きっと「誰か」をここに連れてくるだろう。そのときは、この道はどこの道よりすてきだと思うことだろう。

《私》は足を運びながら、その「いつか」に思いをはせる。

「人は生まれるところを選ぶことは出来ない。どのような人間として生まれるかも選べない。

気が付いた時には否応《いやおう》無しに存在する《自分》というものを育てるのは、ある時からは自分自身であろう。それは大きな、不安な仕事である」

社会に出る前の、女の子が感じている、自分自身に対する責任、その大きさへの恐れとおののき。

「だからこそ、この世に仮に一時でも、自分を背景ぐるみ全肯定してくれる人がいるかもしれない、という想像は、泉を見るような安らぎを与えてくれる」

おびえる自分をまるごとやさしく抱きとってくれる、まだ知らぬ異性の愛情へのあこがれ。

そして、そういう想像をさせてくれるのは、若い自分への円紫さんからの贈り物だろうと、〈私〉は思う。ここは、自分よりもさらに年下の女子高生があっけなく、未来を断たれてしまった町。自分にはそんなことのないようにと、円紫さんは、

「未来の一部を言葉にして先渡ししてくれたのかもしれない」

そんなふうに、ものを考えることのできる、この主人公の心のきれいさ、深くて澄んだきれいさが、私は大好きなのである。

十月

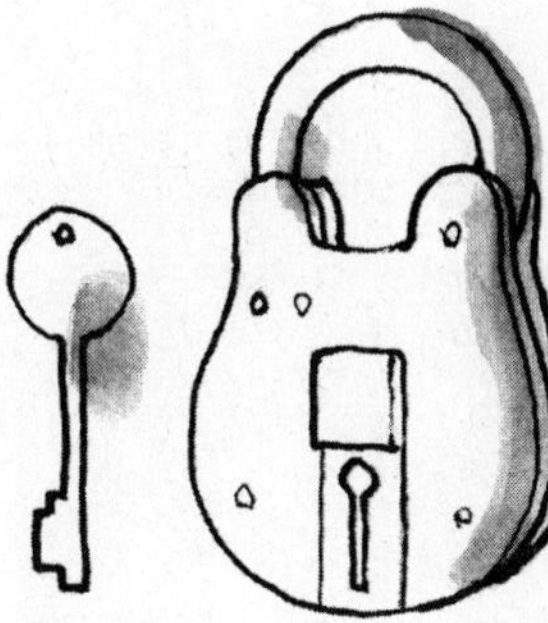

対談で間抜けがばれる

腸炎がおさまって、十月第一週が社会復帰。

過ぎてみれば、

「いやー、あの熱と痛みにうんうん言っていた日々は何だったんだろう」

と嘘のような感じ。単純な病気であるぶん、治り方も単純なのだ。

しかし、このタイミングでかたがついてくれたのは、ほんとラッキーだった。今週からは、対談、座談会、地方での取材など、前々からセッティングされており、キャンセルすると大ごとになる仕事が続けて入っている。ま、腸炎にならないのが、いちばんラッキーだが、何ごともつごうのいい面を見る私。

社会復帰を前にして、気がついた。着ていく服がない！

今年は、九月に入ってもずっと暑く、腸炎前も夏物で通していた。気温はいまだ高いけれど、いくら何でも、もう十月。綿や麻では、季節感という点で、もう苦しい。

秋冬物は、衣装ケースにしまい、クローゼットの上の方の、天井近い棚に積んである。下ろすには、脚立《きゃたつ》に乗って、そっくり返るようにして取り出さなければならない。腸捻転ではないけれど、無理な姿勢で力んだりして、また腫れさせては元のもくあみ。

衣替えは先延ばしし、とりあえず、

「これ一着で、なんとかなる」

と思われるワンピースを、購入することにした。歩いて十分ちょっとのデパートへ。かぼちゃの缶詰を買いに行く以外の、初の外出らしい外出である。

途中、知らない雑貨屋ができていたのには、驚いた。腸炎前、毎日のように通っていた道なのに。

「あの、いつオープンされたんですか」

と、わざわざ入っていき、店の人に聞いてしまった。

九月二十一日、ちょうど私のダウンした日だ。

デパートのディスプレイが、すっかり秋冬物になっていたのにも驚いた。わずかな間に、世の中、いろいろと変わっている。

婦人服フロアーに上がってみると、今シーズンは、なかなか期待できそう。トラッドショップが、本義に返って、トラッドになっている。昨シーズンまでは、若い人に合わせてか妙にくずしたり、流行を取り入れよけいなアレンジを加えたりが目について、店に来てもほしいものがない状態が続いていた。

私は趣味からいっても、仕事上の必要からも、そこそこきちんとした感じのあるものが好きだ。今シーズンは、オーソドックスなジャケットあり、短すぎず長すぎずのプリーツスカートあり。

プリーツスカートはほんと、「ぜひ物」で、対談や打ち合わせなどで、長時間座っていても疲れないし、カルチャーセンターの先生をするとき、黒板に書いては消し書いては消しの上下運動をしながら、行ったり来たりするのにも、動きやすい。

膝が出る丈《たけ》だと、年がいがないし、かといって、くるぶしまで引きずると、だらしなくなってしまう。その点、今シーズン多い膝丈は、実に役立つ。また、流行で短くなったり長くなったりしないうちに、少しまとめて買っておこうか。

柄でいっても、正統派のグレンチェック（千鳥格子）あり、タータンチェックあり、うーむ、目が奪われる。

だいたい私は、夏よりも冬の方が、服装に関する興味が、俄然増すのだ。夏は、暑くて息も絶え絶えで、服なんて着なくてすむならそれに越したことはないくらいだから、今ひとつ関心が向かない。

寒くなると、ツイードとかホームスパンとか、ウールのもこもこっとしたセーターとか、暖かそうなものが恋しくなるし、重ね着で色を合わせる楽しみもある。

売り場を歩いていても、

「あのタータンチェックのスカートに、あのセーターを組み合わせたらどうか」

などと考えているうち、店ごと買いたくなってしまった。

堅実なる私としては、今日のところは、当初の目的である「これ一着で、なんとかなる」ワンピースに徹することとしたが、いやー、久々にショッピング欲にめざめたな。なにしろ、ずっと家にいて、かぼちゃスープとおかゆという禁欲的生活を送っていたから、刺激が強すぎる。

購入したのは、色は秋冬物で、素材は化学繊維のワンピースだったが、これはほんと、使いでがあり、その後十日間、どこへ行くにもそれで通した。十月上旬とはいえ、日によっては二十五度を超えたので、ショーウインドにあったようなウールでは、用をなさなかっただろう。

ちなみに、家で仕事をするときの服装は、夏も冬も、基本的にロングスカート。それも、フレアーがいちばん。

ズボンは、腰掛けていると、足のつけねと膝の裏が圧迫され、血行を妨げそうで。スウェットパンツならその恐れはないだろうが、寝るときのかっこうみたいで、今ひとつ労働意欲がわかなさそう。

そんなこんなで、下はフレアースカート、上は肩のこらないカットソーやセーターというのが、仕事着である。

対談は、仏文学者の鹿島茂先生と。『セーラー服とエッフェル塔』と題する本を出されるので、それに合わせて、版元の文藝春秋のPR誌で、本の内容について語る。

はじめ、担当の人から電話があったときは、

「なぜ、私？」

とひるんでしまった。鹿島先生といえば大学教授で、専門の仏文のみならず古今の書物に通じた人。いつぞやは、この千年間の文学、美術、音楽すべてひっくるめた人間の「作品」の中からベスト百を選ぶという壮大なテーマで、丸谷才一氏、三浦雅士氏と座談会をしていた。先生と同等の、とまでは言わないまでも、せめて話が通じるくらいの教養のある人でないと、対談が成立しないのでは。

と、くだくだしく申し述べると、

「いえ、だいじょうぶです、今回は」

出版案内で、このたびの本のところを見たら「ポルノとトイレの話」とあって、

「はっはー、それでか」

と、人選のわけがわかった。私はそっち方面は、知識こそないけれど、話そのものは、けして嫌いではないのである。さすが編集部、見抜いていたか。

社の会議室でかと思ったら、「山の上ホテル」で夕飯をとりながらという。

「食べながらトイレの話などしていいんだろうか。私はいいけど」

と思ったら、そこもさすがで、はじめの一時間は対談、その後、食事という段取りとなっていた。

しかし、はじまってみると、出てくる出てくる、エロチックな話題が。プルーストの『失われた時を求めて』の中にマドレーヌが官能的なものとして出てくるのはなにゆえか、とか、フロイトによれば男にとっての車はペニスの象徴である、とか。別にそっち方面にだけ詳しいのではなく、諸事全般について博識なのだ。

「へえ、そうなんですか」

と、なんとかのひとつ覚えみたいにくり返す私。

前に鹿島先生の『衝動買い日記』（中央公論新社）という本を読んだとき、登場アイテムが、健康器具とかがらくたまがいのお土産品とか、わがエッセイに出てくるものとあまりに重なるのでびっくりしたが、古書や本棚といった教養関係のものだけは、わが方からは、みごとに欠落していた。

好奇心のありかは通じるものがあったとしても、

「それについては、十何世紀に何々という人が何々という本に書いていてね」

といった文献的裏付けが、私の書くものにはないのである。「われ思うに」オンリー。それが決定的な違いだ。対談でも、ヨーロッパにはじめて行ったときビデを便器と間違えただの、セーラー服はありゃ実はコーディネイトしにくく、着る方は文句たらたらなのだ、だの、ひたすら自分の見聞ばかりを述べていた。

話のボリュームにだいぶ差がついた頃、年かさの編集者が、

「エロ咄は、仏文学者の伝統ですね」

みたいな発言をして、

（なるほど）

と舌を巻いた。そういうふうに、専門領域へとつなげていく方法もありなのか。トイレ話ばかりに終始していては、いかんのだ。

ほんとうなら、私がそのように聞き手として話を運ばねばならぬのに、役割を果たしていないことに、恥じ入った。それだけならまだしも、本題が終わり、速記者が帰って、編集者二人と四人で食事をしながらの、まるで関係ない話になってから、俄然饒舌になり、最後の方では、先生と発言権を争うように喋りまくっていたのである。

編集者の男性は、内心つくづく、

（使えないやつ）

と呆れていたに違いない。

そうした後ろめたさはあるけれど、話はとても楽しく、同席した女性編集者とは久闊《きゅうかつ》を叙《じょ》し、すこぶる有意義だった。

腸炎後はじめての食事らしい食事で、どうなることかびくびくしたが、何ごとも起こらず、

完全復帰を確認した夜でもあった。

しかし、喉元過ぎても熱さ忘れるな。ここからが、考えどころだ。

折しも連載の入れ替え時期。一月号からなら今くらい、四月号からなら年明け早々より、動きがある。来年、もしくは来年度から、どうすべきか。

今年は二度も腸炎を患ったことを思うと、少々抱えすぎだろうか。月に三十本締め切りの人がいるのに、十五本あるかないかの私がそう言うのも変だが、能力はそれぞれだから、人と比べてもしようがない。連載に割く時間を減らし、書き下ろしを進めたい気持ちもある。

そもそも来年は、何と何の本を書くんだったか。何冊あると考えたらいいのか。担当者はその気になっていても、決定ではないのもあり、どこまで数に入れられるのか、わからない。

パソコンの本も、夏の暑い中、わざわざ出向いて、企画書を持ってきてくれたにもかかわらず、その後、あえなくボツになった。改めて提出するとのことだったが、私の方は、会議で他部門から出た意見を聞くと、仮に通ったとしても出来上がりの本に関するイメージが、自分の頭にあるものと、かなり違いそうなのが気になった。

こういうケースがあり得るから、連載を減らすのはリスキーだ。書き下ろしに時間をあてるつもりでいても、ゼロ冊になる可能性もなくはない。

書き下ろしと連載とのバランス、結局いつも、このことで悩んでいるな。時間配分は、収入源の配分の問題でもある。

お金の心配や、企画が通るかどうか、通っても今度は、はたして次の相談ができるくらいには売れてくれるだろうかで、常にびくびくしている。いっぺんでいい、そうした心配ごとなしに、あっけらかんと、かつ堂々と本を出してみたいものだが、ま、きびしい状況をくぐり抜けていくことが、ひとつの張り合いかもしれないし。なんて、いつもの無理やりポジティブ・シンキング。こうなるともう、特技の域に達しているな。

こんなに違う！　日中作家事情

この前は、中国の女性作家と話す機会があったが、同じもの書きとは言え、日本とは状況がずいぶん違うと感じた。

前置き的説明をすると、張梅《チャンメイ》さんというその作家は、国際交流基金の招きで、半月間日本に滞在し、出版関係者や文化団体の代表と面談するとのことだった。私は経歴上、中国に留学していることから、たまたまお声がかかったのだと思うが、わが語学力では「日中の出版界を取り巻く状況について自由に意見を交わす」なんて、とてもとてもできないので、

「通訳さんは、必ず付けて下さいますね」

と事前に、三回くらい確認しておいた。

あらかじめもらった資料によれば、張梅さんは、四十一歳、作家にして広州市広州文芸雑誌社の総編集長という、ものものしい肩書を持つ、スーパーレディだ。作品は、長篇小説『破砕的激情』、エッセイに『女人、遊戯、午後のお茶』。何かこう、ドラマチックな愛に生き、同時にアンニュイな雰囲気をあわせ持つ、今どきのキャリアを代表する新型女流作家、という感じではないか。香港に近く、経済発展を遂げた都会の人であることも、前衛的なポジションを思わせる。

もしかして、人選において、私に関する誤解があるのでは。私もまあ、四十近くで、シングル、自立した女という分類になるが、その日常は「激情」にはほど遠い。『三十過ぎたら楽しくなった！』（講談社文庫）なんて、お気楽なタイトルの本を出している人間で、お相手がつとまるのか。

その点も、受け入れ先に、

「それでよろしいんですね」

と念押ししておいた。

面談は、ホテルのティールームで。行ってみれば、ワンピースにカーディガンという、肩の力を抜いたいでたちの女性だった。ショートカットですらりと背が高く、グレーの光る生地のワンピースに、同じグレーのラメ入りカーディガンという服装が、おしゃれな街、広州を感じさせる。

名刺代わりにもらった『破砕的激情』の本には、メイクをややきつめにした、顔写真がついていた。

私の方は『つかず離れず、猫と私』（文藝春秋）という本を持っていった。カバー絵の色づかいやちょっと和紙ふうの紙が、日本的かなと。

しげしげと眺めてから、

「猫とあるのは、どういう意味か」

と聞いてきた。

「えっ……」

予想外の質問。それほど深い意味なく、つけたのだ。

「あー、その、この本の内容は、ひとり暮らしの女性の日常生活に関するエッセイですが、ひとり暮らしの女性は、よく猫を飼うと思われているため、タイトルから内容を想起できるようにと……」

と苦しい説明をした。通訳の人は、メモを取りながら、

「日本では、猫はひとり暮らしの女性の象徴とされているため……」

と伝えていた。

私から聞いたのは、雑誌社の仕事ともの書きとを、どう両立させているか、だった。日本

でも編集者から作家になる人は少なくない。が、たいていは、会社の方は辞めてしまう。書く時間がとれないので。出版社勤めは、著者の目から見ても忙しそうで、女性でも、夜中の二時とか、

「えーっ、まだ会社にいたの」

と思うような時間にファックスを送ってくる。ましてや「総編集長」なんてなったら、責任やストレスからいっても、たいへんなものだろう。

張さんはきょとんとしたようすで、

「総編集長の方は、何てほどのこともないの」

張さんの会社は国営なので、売れようと売れまいと関係なく、部数について思いわずらう必要はない。「総編集長」といっても、名誉職的なもの。

現に、その職に就いたのも、作家になった後である。九四年に「専業作家」となり、総編集長は九七年から。

「専業作家って、何のこと？」と問うと、

「あなたは、専業作家ではないの？」

中国には「専業作家」なる制度があり、認定されると、国家から給料が出る。作品を書いても書かなくても。

「それは、資格？　どういう人がなるの？」

重ねて問うたところ、はっきりした基準や、資格試験があるわけではなく、

「新聞や雑誌に発表した作品が、評論家に認められるとか、著書が三、四冊あることとか」

ひと口に「発表」と言っても、日本ではそこに至るまでがたいへんだがと言うと、

「あー、そう。中国では、それは簡単」

張さんの雑誌にも、投稿がたくさん来るが、文章がまあまあ整っていれば、割とすぐに載せる。そう言えば、私の留学していた大学にも、作家志望の女先生がおり、私たちに教科書を読ませている間、机の上でいつもしこしこ書いていて（机の下でではなく、上でというところがすごい）、学期の終わり頃には、人民日報に掲載されたということだった。

逆に、日本で小説家デビューするための、もっともオーソドックスな方法である、文芸雑誌の新人賞のようなものはないという。

掲載された作品の評判がよければ、本として出版される。

「評判とは、読者の反応のこと？」

と問うと、

「それもあるけど、メインは、評論家に取り上げられるかどうか」

「専業作家」の認定を受けるにも、著書を持つためにも、「評論家」が関係するわけか。それでは、評論家の影響力が大きすぎ、ワイロを贈るとか、場合によっては色じかけで……なんてことも出てくるのでは、と思ったが、現に作家である張さんに対しては失礼になるので、

聞かなかった。

「あなたの本は、何冊くらい刷るの？」

張さんからの質問。単行本で五千部から一万部、文庫で二万部から五万部くらいと答え、同じ問いを返すと、

「三万部くらい」

すごい！　思わず手を叩くと、

「だって、人口が違うじゃない」

そう言やそうだが。

三万部の著書を、まあまあとぎれずに出すことができている張さんは、まったくの新人ではないが、ベストセラー作家でもない、中堅といったところだそうだ。そのへんもちょっと、私と似ている。

文庫というものは、中国にはないとのこと。すなわち単行本として一回出すきりだ。

インターネットにも、話が及んだ。日本では、電子情報と活字情報との競合が話題となっているが、そのへんの危機感はないという。もともと、売れても売れなくてもいい立場なのだ。

制作コスト削減のため、もの書きもパソコン、メールの使用を迫られるという、私が日々プレッシャーを感じている状況も、コスト削減というテーマがないせいか、ピンとこないよ

うだった。

　ただし、パソコン普及はめざましいものがあり、作家でも自分のホームページを開設する人が、どんどん出てきているという。

　同業者との付き合いも、話題になった。中国には「ペンの会」なるものがあり、年にいっぺん一週間から十日間、皆で旅行をするという。これは優雅！　会に入れるかどうかは、例によって「評論家」の推薦による。

「日本では、作家どうしの交流の機会はある？」

　と聞かれ、うーんと唸った。個人的に親しい例はあるだろう。が、私的なものを除いて、公的のものとしては、文芸家協会やペンクラブなどの総会で、年にいっぺん集まるくらいだろうか。

　私は、そうした組織には、これまであまり関心を払ってこなかったが、昨年から「日本エッセイストクラブ」に入っている。会員になると、同じ国民健康保険でも、文芸美術国民健康保険組合というものに入ることができ、ずいぶんたすかっている。

　これからは、単行本が文庫になるサイクルが早まったり、ネット上の著作権など、関係者と調整しなければならないことが、多くなるだろう。前は、同業者とは距離を置きたい気持ちがあった私も、何らかの権利擁護団体はやっぱり必要だろうと、感じはじめている。

　そんな話を、一時間半ばかりして、なかなか興味深い面談だった。

感動！　自分の本を買う人を見た

来年のことが頭にあって、あれこれともの思う季節。

パソコンの本は、折にふれ原稿を書きながら、自分で企画書を作ることからはじめよう。それが、本来の筋。

その他、連載原稿が、気がつけばかなり回を重ねたのがあった。本にする可能性ありやなしやを検討されたき旨、依頼の手紙を書く。

それから、今月、特筆すべきこと。ついに、自分の本が買われるところを目撃！

今月は十三日に文庫が出て、さっそく書店に見にいった。いつもの駅ビル内の店だが、文庫売り場に至る通路を、バッグを横に突き出した女性が、結構たらたら歩いていて、私としては、追い越そうかどうしようか、迷っていた。

その女性が、売り場に来たとき、積んであったわが文庫のいちばん上のを、私の目の前ですっと取り、足を止めずにそのままレジへと持っていったのだ。あっけにとられ、棒立ちになり、

（はあー）

と最敬礼して見送りたくなった。立ち読みして元に戻すのは、何回も見ているが、レジまで到達したのは、もの書きになって十数年で、はじめてだ。

親しい女性編集者に話すと、

「それは、めずらしいことよ。私もこの仕事をそこそこ長くやってるけど、自分の作った本が売れたところを、見たことない」

ベストセラーを担当している人でも、現場にはなかなか居合わせないものだという。

今月の文庫は、気のせいか減りが早いようで、十五日から十八日は出張のため追跡調査ができなかったが、十九日には、その書店では一冊もなくなっていた。折しも、新聞広告が出たばかりなのに、そのタイミングで品切れとは。

ローカルなことで騒がせるのは悪いかと思ったが、あまりにももったいないので、販売の方に対応してもらえないかと、編集者にファックスした。

今月は、書店によく行ったせいか、二度も営業の人を見た。文庫の出た出版社ではなく、別の社の人だが。

一度めは、回覧板のようなものを手にした、客ではなさそうな女性が、店員と立ち話をしているなと思ったら、回覧板の上のリストに、社名が印刷されていた。知り合いの編集者のいる会社だ。

知り合いより少し若いだろうか、ジャケットにパンツルックで、はつらつとした感じの人

で、

（部署は違うが、同じ会社で、同じ女性がこうして頑張って、出版を支えているのだな）

と、何かしら胸に迫るものがあった。

二度めはその翌日で、こちらは男性だった。重たげな鞄を足もとに置き、人いきれで暑いのか汗を拭き拭き、やはりリストを示しながら、店員に説明している。パソコンの企画を持ってきてくれた編集者に、ちょっと似ている。

営業の仕事はよくは知らないが、ああやって、少しでも人の目にふれるところに並べよう、一冊でも多く手にとってもらえるようにしようと努力している姿を目のあたりにすると、なんか、企画がスムーズに通らないだの、販売から妙な意見が出てくるだのと、ぶつぶつ言うのは、筋違いの気がしてくるのだった。

下旬はよく雨が降った。降らない日も曇り。すっきり晴れない。夏物を洗濯しても、なかなか乾かずしまえないので、衣替えがずいぶん長くかかった。

上旬は二十五度以上あったが、この頃はさすがに寒く、ウールのスカートを出してはく。ウエストが、ややきついのが脅威。

運動不足だものなあ。スポーツクラブは二月に行ったきり、三月からは、単行本のまとめ作業がどっと入って、あれよあれよという間に、今に至る。ひところ凝っていた玄米菜食は、ダイエットにもなるはずだが、腸炎後、準絶食が解かれてからは、白いご飯も油物も、何でもありになってしまった。

プロポーションは求めないが、今あるスカートがはけなくなっては困る。

雨上がり、軒下に吊しておいた洗濯物を、夜遅く取り入れると、植え込みの下に、カエルがいた。濡れた腹が光っている。梅雨どきからいたやつだが、ずいぶん太った。体重にして三百五十グラムくらいありそうだ。冬眠が近いのか、動きは緩慢。今年はこれで見おさめかもしれない。

今月も、もうすぐ終わる。出版社のすばやい対応で、あのあと私の文庫が書店に大量に入荷したのはいいけれど、当初より減るスピードが遅くなったのが、気にかかる。近頃はいつ行っても、同じ高さのままに見える。よけいな情報を入れてしまい、余ってどっと返品が行ったら申し訳なく、かっこうも悪い。

あと二週間もしないうち、次の月の文庫に代わる。

十一月

ストーブと毛玉セーター

日によって暖かったりもした十月だったが、ここへ来て急にと言うべきか、やっとと言うべきか、冬らしくなった。

仕事部屋の机の下に、電気足温器をつけていたが、ついにガスストーブを出してきた。正しくはガスファンヒーターと言うのかな。台所のガス栓にホースを接続。

エアコンもあるけれど、風向きをめいっぱい下にしても、暖かい空気が上の方に充満し、来てほしいところに届かない。もっとも寒さを感じるのは、足もとなのだ。

ガスファンヒーターは、吹き出し口が床に近いところにあるので、エアコンよりは下に来る。でも、スリッパは必需品。基本的にじーっと座ってする仕事だから、血のめぐりが悪く、末梢《まっしょう》まで行きわたらないのか。手なんて、自分でさわって、

「これが、人間の体温か」

と思うくらい冷たい。

先月、話した鹿島茂先生も、やはり寒がりだそうで、

「冬はスノーブーツをはいて書き物をしている」

と言っていた。

いったんガスファンヒーターをつけると、もうなしではいられない。これから三月までずっと「わが友」となる。起きてすぐから、寝るまでずっと。

ガスのホースは五・二メートルあり、家の中のどこへでも移動できる。仕事のときは仕事部屋に、食事のときはリビングに、行くところ行くところ必ず連れていく、親密な関係で、ひと冬過ごす。

コードをいちいちはずさなくてもすむよう、廊下のまん中のコンセントに差し込む。それで、ほぼカバーできる。コードは約二メートル。すなわち、私の日頃の行動範囲は、半径二メートル内で成り立っているということ。

冬は、服装も固定化する。起きたら、とにかく早く身につけたいので、ゆうべ脱いで椅子にかけておいたセーターとスカートを再び着用。袖付スリップやなんかを風呂のときに替えるだけで、服装としては、ずっと同じ。食べこぼしたりして洗濯するとき、ようやく替わる。

今着ているのは、毛玉がたくさんできたため、外出用から家用に降格した、チャコールグレーのセーター。リサイクルショップで二百円で買ったグレーのスカート。こうして、どんどんくすんでいくのだなあ。

「たまには、はなやかな色を着ないと、だめなんですって」

先日会った、年上の編集者の女性は言っていた。ファッションアドバイザーの人から、そう聞いたとか。

「赤っぽい色は、人間を活性化するんですって。ファーストフードなんかも、客の回転率をよくするために、店内を赤にするらしいわよ」

後半はほんとうかどうかわからぬが、たしかに、来る日も来る日もグレーでは、どんよりしそう。出かけるときくらいは、赤で「活性化」するか。流行の、ファー襟なんかつけて。

と思って、銀行にお金をおろしに出たついでに、デパートの婦人服売り場を覗いたが、ないものだ、いい赤は。

ハデな色は難しく、慣れない人が着ると、悪目立ちというか、かえってみすぼらしい感じになってしまう。どんな人でも無条件に品よく見せる赤ってないものだろうか。

この前も、誌面上のつごうで、ちょっと赤っぽいカジュアルウェアで、写真を撮らないといけないことがあったが、手持ちの服にそれらしい色のがなかったので、「ユニクロ」で千二百九十円だったかの、赤白のギンガムチェックのシャツを、前日に買ってすませた。服装に関する準備は、いつも行き当たりばったりだ。

近所の奥さんたちも、自転車で買い物にいくときは、毛玉だらけのセーターほどではないが、フリースに動きやすいパンツのような、実用性重視のかっこうだ。が、たまに、電車に乗って外出するのか、徒歩で駅へ向かうところなんかに会うと、ストールをぐるっと巻いて、

どこの奥さまかと見まがうようで、

「いやー、やるときはやるな」

ミセスの底力のようなものを感じてしまう。

ある奥さんに、そう話すと、

「あら、あなただって、出かけるときは、やっぱさすがって思わせるかっこうしてるじゃない」

えー、どこが？　ユニクロのシャツなのに？

おたがい、自分にないものを、相手には見るんだろうか。

顧みれば、私の二十代、三十代、「イケてる」時期はなかった。地味系の国立大学で、合コンなんぞあり得なかったし、就職してからは、よくある「自分探し」にはまってしまい、トレンドに見向きもしなかったのは、私の読者のかたは、ご存じのとおり。そのときどきの自分の欲求に従いそうなったのだから、「わが青春に悔いなし」と言えば言えるが、四十代を目前にすると、

「もう少しおしゃれな時期があってもよかったかも」

と思わなくもない。

お付き合いは私の弱点

しかし、現実はそれを許さず。年末までひと月以上あるというのに「年末進行」が早くも前倒しで及んできている。

「年末進行」は、もの書きは誰もが、その言葉を聞いただけで、

「あー、また、その時期が来たか」

と、どよーんとした気分になる、何とも言えない響きを持つ語だが、なんでそんな詰め詰めにならなければいけないか、実はよくわからない。

年末年始は印刷所が動かないから、ふだんよりも締め切りがくり上がると、説明される。でも、それだけでなく、これを機に全体のスケジュールを上方修正しようとか、担当者が二十五日過ぎたらさっさと旅行に出たいとか、ほんとうなら、年始の五日にやればすむことを、めいっぱい休んで九日から仕事はじめですむよう、年内に段取りをつけておきたいとか、さまざまな思惑がからむのではと、疑いの眼で見てしまう。

ふだん三十日か三十一日かけてやればいいことを、二十日までに終わらせなければならないとすると、労働集約度は一・五倍。

翌月の五日までにやることを、二十日までにだと、労働集約度は約一・七五倍。

さかのぼって十一月にまで、じわじわと影響が出てきている。私は少ない方だからいいけれど、ひと月に三十回締め切りのある人なんて、どうしてるんだろう。

　これから忙しさのただ中に突入するというのに、忘年会の声も、早くも出はじめている。十二月過ぎると、それぞれに予定が詰まってくるだろうから、集まりやすいうちにしては、と。

　忘年会やパーティーは、誘ってくれる人には悪いが、原則すべて欠礼している。別に知らない人とは話せないとかといった、複雑な性格はしていないのに、疲労がはげしく、翌日翌々日までダメージが残る。

　少人数と腰を落ち着けて話すのは、まだいいのだけれど、いろんな人と入れ替わり立ち替わり、言葉を交わし、そのつど話題もめまぐるしく変わるというのは、日頃ないことなので、たちまちキャパシティオーバーになるらしい。

　なんでそうまでくたびれるのか、自分でもよくわからないが、とにかく非常に不向きなことは事実。お付き合いは、私の弱点のひとつだな。

　ついでに言えば賀状も、毎年すべての人に欠礼している。

　たまたま電話があったもの書きの男性に、そう話したところ、

「ええーっ」

　と、予想以上のはげしい反応が返ってきた。

「ほんとうですか。それはひどい。いや、僕ですらそれはしないですよ」

非難に近い調子で驚かれ、その勢いにたじたじとなる。

「もしかして、僕の知る人の中で、いちばんものぐさかもしれない」

向こうからくれた人にも出さないかと尋ねるので、

「え、ええ」

ためらいながら答えると、

「それは感じ悪いじゃないですか。僕にはできない」

ときっぱり言われた。賀状を出さないって、そんなに人非人《にんぴにん》なこと？

別の同業者は、

「僕は、こっちが書いても来なかったヤツには、こいつ、僕と付き合う気ないんだなと、人間関係のリストから、はじきますよ」

と断言した。やばい。そういうふうに受け取られるのか。これは、今に干《ほ》されるな。年内にもう会うチャンスのない人もいるかもしれないので、毎年、この時期から、会う人ごとに、

「すみません、いつも賀状を書かないもので」

と、詫び兼言い訳をして歩く。

「あなただけに出さないいんじゃありません、だから、悪くとらないで、お願い」

との意味を込めて。

男性編集者は、非難ではないが、

「あなたみたいに締め切りは必ず守る、きちょうめんで義理堅い人が、その点だけは、よく気に病まずにいられますね。出してしまった方が、かえってラクじゃないですか」

と言われた（非難か？）。

でも、そこが人間の妙なのだ。きちょうめんと自分では思わないが、仮にある面はそうだとしても、すべてにおいて均一であるのではない。ところどころ穴があいたように、ぼこっと抜けており、そこについては、「ちょっとまずいかな」と思うくらいで、いっこうに改心しない。私の第二の弱点は、筆無精だな。

しかし、冗談じゃなく、それでほんとうに人間関係を損《そこ》ねていることもあるかもしれない。長年受け継がれてきたしきたりには、それなりの意味があるのかも。状況はちょっと違うが、私も、せっせと本を送る相手から、別にそのつどリアクションをくれる必要は全然ないけど、毎月のように送っていっぺんも、ハガキも電話もファックスもなかったりすると、

「つまり、その人、ひいてはその社にとっての、私の位置付けはそんなところなのかな」

と、いじけることはある。

賀状とは別のかたちで「愛してます」のサインは、何かしら送ろう。

忘年会と賀状書きがないだけ、マシと言えばマシだが、それでも何かと気ぜわしいこの時

期に、ある晩、リビングでストーブにあたりながら新聞を読んでいて、

「むむ？」

下腹に、何やら違和感。覚えのあるこの感じ、もしや、腸炎？

「え、また？」

三回めではないか。

回を重ねると、さすが初期症状に敏感になって、早めに処置。このことあるを考えて、九月のとき残しておいた抗生物質を即飲んで、ただちに就寝。

翌日は、おっかなびっくり仕事をしていたが、案の定、夜から発熱。三十九度近くまで上がった。

薬が効を奏してか、腫れたり痛かったりはしないが、熱だけは下がらない。朝を迎え、昼になっても、

「あー、十時か」

「二時になったわね」

と、時計の針を見て思うだけ。

二日めの夜中にいたり、思いきって、家にあった解熱剤を服用した。強い薬でなくとも、飲み合わせによっては心臓マヒ（だっけ？）を起こすことがある、といった新聞記事が頭にあって、危ぶみつつも、あまりのつらさに、

「ええい、ままよ」

と。するとあーら、どうでしょう、一時間も経たぬうち、するすると熱が引いていくではないか。あまりにも劇的な効きめに、思わず胸に手を当てたが、鼓動も正常に。昨日の夜から、布団を出られず、苦しんでいたのがウソのよう。こんなことで下がるのだとは、ムダながまんをしていた感じ。

しかし、気を抜いてはいけない。腸炎はまだ続いている。三日めからは、通常どおりワープロに向かったが、固形物はやめて、またも粥とかぼちゃスープの日々になった。

九月のときと違い、準絶食中も、仕事をすぐに再開したせいか、体重は四日間で二キロ減った。外に出かけることは控えていたが、

「執筆だけでも、結構カロリー使うんだな」

と発見。

腸炎が持病と化しつつあるのは問題だが、早めに抗生物質と解熱剤を飲めば、おおごとにならずにすむこともわかった。回を重ねて、付き合い方を覚えてきた感じだ。

どのように年を重ねるか

腸炎明けすぐに、前々から予定のインタビューがある。九月のときも七月もそうだが、人を巻き込んでのスケジュール調整を、かろうじてしないですむタイミングに治っている私は、ほんと、ラッキーだ。

今回のテーマは「隠居」。十数人が自分の「隠居計画」について語ったものを、一冊の本にまとめるらしい。

話したことを書くと、本の内容をとってしまうので、ちょっとふれるにとどめるが、ひとつのテーマについて、質問に答えるかたちで長めの時間をかけて話すのは、自分の価値観を確認するのに、とてもよい機会。一方的に喋るのでは、もともと自分の頭にあることを超えられないが、

「こうは言えませんか、こういう人もいますが」

と聞かれ、それに対して何か言おうとすると、自分の内にありながら意識まではしていなかったことが、しだいにはっきりとらえられてくる。言語化には、そういう作用がある。

だから、数学者の藤原正彦さんがエッセイに書いている、国語教育がだいじというのは、そのとおりなのだ。言葉は、考える道具。

ムカツクを例にとれば、それは単なる感じ、衝動にすぎない。なぜムカツクのか。その感じは、他の言葉に置き換えれば、怒りなのか、異議申し立てなのか。誰に？　もしくは、何に対して？　そう考えるところから、快不快原則のみに支配されるのではない、人間としての精神活動がはじまるのだと、声を大にして言いたい。

と力が入ったところで、「隠居計画」に戻ると。

私は常々、

「いつか暇になったら」

が口癖で、小は「掃除をしよう」から、絵を習いたい、オペラを観たい、美術や建築のことを勉強してヨーロッパやイスラム世界を旅行したいまで、あれこれと「したいこと」で老後はいっぱいだった。が、よくよく心の内を覗いてみれば、

「ある年まで頑張って働いたら、その後はリタイヤして、悠々自適」

というイメージは、自分にはないのだ。

「働かないですむ」のは、理想ではない。八十代になっても九十代になっても、往生際《おうじょうぎわ》悪く、エッセイを書いていたい。

「その頃には、好きな仕事だけを選んで」

となるのが、一般的な年のとり方かもしれないが、私は、もしも仕事をしていたら、「好きなものだけ」なんてことはなく、今と同じように、

「たいへん。引き受けた私の、バカ、バカ」「何でこんなテーマを私にふるんだ、チクショー」と自他をののしりながら、じたばたと続けていくと思う。

嫌いとは言わないが、書きにくいものは、たしかにある。

「このテーマなら、私が日頃感じていることだから、このくらいのエピソードをもってくれば、まとまるな」

と、見通しが立ちやすいものと違って、まったく思いがけないテーマをふられ、

「うーむ、そう言われても」

と考え込むものが。難儀という点では、読書エッセイ、書評もそうだ。

けれども、後者で、

「なるほど、こういうこともあるか。こう考える人もいるのか」

と知り、前者の方の幅も広がるということは、ある気がする。そのためにも、好きなものだけを選んでするることが、自分にとっていいとは限らない。

とは言え、体力の問題もあるので、数は今よりしぼることになるだろう。

それもこれも、その年になっても、書く場があればの話。これはもう、自分で「計画」をたてられるものではない。

インタビュアーの男性によれば、この数年、もの書きの業界は、バブルがはじけた直後と並ぶ二大不況にあるという。彼もこの仕事が長いので、まわりの例や囁かれている噂から、

ひしひしと感じるそうだ。

返本率が、出版社の債務が……といった不景気な話は、私もときどき耳にする。

が、そのへんになるともう、自分が心配してどうにかなるものでもないような。それより私もときどき耳にする。それよりも、もっと目先のことというか、

「今やっていることを、着実にやってくしかないね」

仲のいい女性編集者とも、この前いろいろ話したあげく、そういう結論になった。

いつまで仕事を続けられるかわからない、四十代、五十代で職探しせねばならぬやも知れぬが、好きだと思えることを仕事にできた時期が、一生のうち何年間かあっただけでも、幸せだ。なので、あまり憂慮するのは、よそう。

今月のはじめだったかな。神田神保町に行ったら、地下鉄駅周辺がやけに込んでいる。ビルの間のせまい通りの両側に、本棚がずらっと並び、間は身動きできないくらいの人、人、人。うっかり忘れていたが、古書まつりだった。

縁日と違うのは、人込みをなしている人が、真剣そのものであること。本棚の前に張りついて、らんらんとした目を背表紙に走らせる。

「ちょっとごめんなさい」

などと、横から手を出せる雰囲気ではない。

あきらめて離れようとすると、すかさず後ろから人が割り込み、すぐに場所を代わられる。

リュックをしょって、リストを握り締めた姿には、

「買いにきたんだ！」

というオーラのようなものがあふれていて、たじたじとなってしまうのだった。

わずか数十メートルのところを抜けるまでに、押し合いへし合いたいへんなめにあったが、

「活字離れと言うけれど、本を読みたい人はこんなにもいるんだ」

と頼もしく感じられた。同時に、

「なのに、本の売れ行きがよくないとしたら、その人たちを満足させるものを出していないからか」

と、ちょっと反省もさせられた。

三省堂の裏にあたる「すずらん通り」も、車を通行止めにして、二列ずつ向かい合わせに、計四列、出版社別の屋台が出ていた。

中でも、もっとも人を集めているところがあって、

「どこの社だろう」

と覗いてみると、ちょうど来月出してもらうことになっている会社であった。

「本好きの人にこんなに支持されている会社で、出してもらえるとは、なんと光栄であることよ」

と、誇らしいようで、胸がいっぱいになってしまった。

折しも雨が降ってきて、夕暮れ近い街に、屋台を慌ててたたむ音が、ばたばたと響く。でも私は、ひとりうっとり。湿気のせいか、古い紙やインクの匂いが、ばたばたと片づけられた後も鼻先に残るようで。本フェチではない私も、

「あー、やっぱり、本があるのっていいものだ」

と、深く深く吸い込む。

たまたまだったが、古書まつりの日に神保町に行ったのは、勇気と励みを与えられるできごとだった。

今月は、「いかに年をとるか」について、考える機会が多い。江見康一先生主催の勉強会でも、そうだった。

江見先生は、経済を専門とする、一橋大学名誉教授で、お年は八十近い。先生が長をつとめる市の委員会に一年間出席していたことから、ご縁ができた。高齢者福祉に関する委員会。「年をとったら」云々とエッセイに書いているせいか、そういう仕事がくることもある。

委員会は三月で終わっていたが、その後、このお誘いをいただいた。

市内のマンションに書斎兼事務所を持っていて、日頃世話になっている近所の人と、ふた月にいっぺんの割で、交流の場を設けているという。同じマンションの奥さんがたが中心だそうだ。講師は、先生、または先生の知り合い、あるいは参加者の誰かが海外旅行をしてき

たら、その報告だったり。

私は「近刊から」という題で、『実用書の食べ方』（晶文社）について話すことになった。

今月はじめ、打ち合わせかたがた、事務所を訪ねていった。

先生は、委員会の任期途中で、お連れ合いを亡くされていた。一周忌がすみ、マンションの人からの声もあって、休んでいた勉強会を再開するとのこと。

ちょうど、夫人をしのぶ追悼文集ができたところで、一冊いただいた。

タイトルは、『在りし日の面影いまに』。第一部は「寄り添ってふたり」、先生が執筆している。二部は、友人知人から寄せられた追悼文。

「『寄り添ってふたり』の方をタイトルにしようと思いましたが、いろいろなかたに書いていただきながら、ふたりの本みたいな印象になるのも悪い気がして、このようにしました」

こんな本を作るくらい、愛妻家だったとは委員会の頃の私は知らなかったが、「のろけ」ともとられかねないことを、悪びれずに話すところに、まじめで邪気のない人がらが現れているようで、好ましく感じられた。

旅先の滝の前で、並んで撮った写真があり、先生は髪がハデに乱れて、今にも飛ばされそうなようすだったが、

「これなどは、臨場感があると言いましょうか、なかなかいい写真だと思いました」

と掲載の理由を説明していた。

扉には数ページにわたり、写真が載せられている。戦後間もなくだろう、出会いの頃の、復員兵のような帽子をかぶった先生と、おさげ髪の、いかにも娘さんらしくふっくらした夫人。当たり前のことだけれど、

「人は誰でも、若い日のたいせつな思い出を持っているのだなあ」

と思う。ましてや、同世代の多くの命が失われ、ないないづくしの焼け跡から、貧しくともふたりして力を合わせ、未来に向かって新しい家庭を築いていこうと決意した、心の高揚は、いかばかりであっただろう。

結婚式の先生は、写真を撮るのに息を止めたのか、眼鏡の奥の目のみならず、鼻の穴までしかと開いて、「謹厳実直」という言葉が、礼服を着ているようだ。

おいとました後、ゆっくり読んだが、同世代の、同じく妻に先立たれた父を持つ私にとっては、他人事とは思えぬものがあった。

江見夫人の病気は、ガン。そばにいながら救うことができなかった自責の念と、寄り添っていた日々の精神的な一体感を取り戻したい思いから、江藤淳さんの気持ちがわかるようだった、とまで書いている。

死に近づく時間を共有すると、そこから戻ってくるのには、同じか、それ以上の時間がかかるものかもしれない。

私は娘として、伴侶《はんりょ》を亡くした父の悲痛を、どれほど理解していたか、立ち直りを急かし

すぎやしなかったかと、反省したりもした。

そんな前段階があってから、今月下旬、勉強会に出かけていった。先生の事務所とは別の、ご婦人の部屋で行われ、他に七、八人のご婦人が集まっていた。平均年齢六十代。いや、もしかすると七十に達するか。

同じマンション内だから、すごくよそいきのかっこうをして来るわけではない。が、家にいるときの私のように毛玉だらけのセーターではなく、何かちょっと、はなやかになる工夫を加えている。次々と流行のものを身につける年齢ではもうないかもしれないが、質がよく、そのぶん長く着られるようなニットに、ちょっとブローチをつけてみたり、スカーフをあしらってみたり。

そんなひと手間が、ご婦人がたを品よく、匂いやかにも見せていて、

(なるほど、こうであるべきだな)

と、おしゃれの面で、とても参考になった。

メンタルな面でも、そうである。年をとると、価値観が固まってしまい、人の言うことを聞かなくなるというが、勉強会に来ようという人だけあって、先生のみならず若い私の話にも、分けへだてなく耳を傾けてくれる。

好奇心もあって、話の後のお茶の時間になったとき、いちばんおとなしそうだった人から、

「先生、ベンチャー企業って何ですか」

との質問が出て、びっくりした。先生の説明に、

「ああ、アドベンチャーのベンチャーね」

などと、うなずき合う。なんだか、すごく雰囲気がいいのである。

やわらかな笑い声に包まれながら、

（こういう年のとり方は、いいな）

と思った。同じマンション内だと、何かと利害が対立することもありそうなのに、住民どうしの関係がいいのにも、驚いた。

マンションは昭和四十年代に建てられたということで、住民全体の高齢化が進んでいるのか、打ち合わせとその日と二回訪ねたが二回とも、車椅子の老人が、玄関のスロープを上ってくるのを見た。なのに、あまり「たいへん」という感じはなく、管理人とにこやかに、立ち話ならぬ座り話をしている。

私も今のマンションでどこまでひとりで頑張れるかわからないが、こうありたいという目標は、ひとつできた。

それにしても、たまたま同じ市に住み、たまたま委員会に出席したのをきっかけに、近くにいながら接点のなかった人たちとも、知り合いになっている。「これも、ご縁か」と感じる。

二十代から三十代前半を「ひとり暮らし前期」とすれば、三十代後半からの「ひとり暮らし中期」の違いは、前はなかった「地縁」というものができたことだ。人付き合いに無精な

私は、人間関係といえば、家族と仕事上の知り合いに限られていたが、こういう広がり方もある。

来るべき「ひとり暮らし後期」はいかに？　いくつから「後期」なのか？　そして、いつまで？　考え出すと、とりとめのない思いになるが、何にせよ希望は持っていこう。

ストーブをつけはじめ、ひと月もしないうち、頭皮が剝げ落ちてきた。はえ際をちょっと掻くと、机の上に、白い破片がぱらぱら落ちる。やばい。

肌も乾くこと乾くこと。ひと冬終わるころには、ちりめん皺になりそうだ。

危機感を覚えて、パックをした。年末進行に急かされながら、液体を塗りつけた顔で、ワープロに向かう自分。こうして、三十代ラストの年も暮れゆくのか。いや、まだひと月あるか。

そうするうちにも、ドアチャイムが鳴る。出るに出られぬ顔なので返事をしなかったが、いるのがばれているらしい。いつまでも鳴らし続ける。ドア越しに、

「どちらさまですか」

と問うと、

「奥さまでいらっしゃいますか」

「いいえ」

「お嬢さまですか。ご両親様は？」

セールスだ。「奥さま」だの「お嬢さま」だの言うのは、例外なくそうだ。「うちのことをご存じない方のようですから、お引き取り下さい」と断った。昼間家にいるとなぜ、どいつもこいつも、人妻か娘だと思うのか。独身女で悪いか。そんな古くさい頭では、新規の客などとれないぞ。

でも今、冷たく退けたのは、そんな反発からではなく、単にパックをしていたため。ドアスコープの中に、寒風にコートの裾を吹かれつつ去るセールスマンの姿が見える。もうじき師走。

(うちじゃ用はないけれど、あんたも仕事だろうから、おたがい風邪など引かずに、やってこうぜ)

なぜか男言葉で声をかけたい、十一月末なのだった。

十二月

年末進行まっただ中

はじめてテレホンサービスを吹き込んだ。

今月出る文庫『「ひとり暮らし」の人生設計』（新潮OH！文庫）について、どんな本か、どんなつもりで書いたかなどについて著者自らが語り、電話をかけてきた読者が聞けるしくみ。

出版社に、録音をしにいった。

ラジオのスタジオのような、ガラスに囲まれた専用の部屋で、ヘッドホンか何かをつけて吹き込むのかと思ったら、ふだん打ち合わせをする、ふつうの応接室だったので、びっくりした。客を連れた社員なんかが、間違えて入ってこないだろうか。

機械も、ごく一般的な携帯用テープレコーダー。

担当者の他、文庫を作った編集者、宣伝部の人と、事前にざっと相談する。

二分半から三分間話すという。

「えっと、どんなことを言えばいいんだろう」

「そうですね、内容と、今度の本の場合、企画の成立の背景というか」

私にとってはじめての試みだが、男性との共著である。ひとり暮らしというテーマについて、同世代でやはりシングルである横田濱夫さんと往復エッセイを交したもの。横田さんと出版社との間でまず話が持ち上がり、相手方を私がつとめることとなった。それ以前は、知り合いでも何でもなかった。

「そういう、経緯はぜひほしいですね」

「試しに入れてみましょうか。岸本ですってところから本の題名あたりまで」

担当者がスイッチをオンにする。

テープレコーダーの、音を感受しているしるしの赤い光がつくか見ながら、

「こんにちは、岸本葉子です」

と声に出す。

「入っ……」

……てるみたいですよ、のつもりで顔を上げたら、机を囲む皆が、息を詰めて黙っているので、

（えっ、これはもう本番？　このまま続けよということ？）

と焦ったが、どうにかこうにか言葉を継いだ。

「……読んでいただければと、思います」でほぼ三分。

スイッチがオフになると、はーと肩の力が抜けた。過ぎてみれば、一瞬だったような。心の準備のないまま、本番に突入してしまったが、シロウトにはかえってその方がいいのかもしれない。「では、本番です」などと告げられると、緊張のあまりしどろもどろになったかも。

しっかし、恥ずかしい。本の宣伝のためだからできることは何でもやるが、自分で電話をかけて聞く勇気はない。だいたい、自分の声が嫌。おまけに、

「購買につなげなければ」

と思うと、妙に色気が出てしまい、

「読んでいただければと思います、ネッ」

とアイドルが首を傾げてにっこりするみたいな、媚《こび》が入ったような気がする。

「四十近いくせに、カマトトぶって」

と、思われるだろう。ただでさえ、カマトトと言われかねない声なのだ。かえって購買意欲をそぐことになりはしないか。

あー、聞いてほしいような、ほしくないような、複雑な気持ち。

が、著者としての立場で言えば、数ある本の中で、宣伝のチャンスを割り振ってもらえたのは、ありがたいとせねばならぬのだ。

その文庫は。

十一日配本と聞いていたが、奥付の日付が十日なので、

「早いところでは、もう出ているのでは」

と、十日にさっそく、駅ビル内の本屋に行った。が、ない。

十一日、十二日と、三日間連続して通ったが、依然として現れず。紀伊國屋書店、リブロといった、流通力のありそうなところの支店でもそうなのだ。

なんで三日も続けてしつこく通ったかというと、単に気になるだけでなく、人に送る必要があったからだ。単行本だと、出版社から代送してもらうことが多いが、文庫は、本屋で買ってもそうかさばらないし、まとまった数ならともかく、十数冊では送ってもらうのも悪い。あらかじめ宛名を書いて、切手を貼った封筒を持っていき、買ったらそのへんのベンチかどこかで袋詰めして、そのまま投函しよう。

そのつもりでスティック糊まで持ち歩き、何往復もしているのに、どの店でもいっこうに並ばない。

「あの文庫は、今月は出ないんじゃなかったかな」

と言うところもあれば、あろうことか某書店の制服を着た店員まで、

「二十二日発売です」

と断言する。

(そんなはずはない。奥付は十日なんだ。調べてからものを言え、調べてから)

と喉まで出かかる。他の客にも同じように答えているとしたら、大問題。制服の店員に言われたら、信じてしまうではないか。

十三日にいたっても状況は変わらず、ついに版元に電話をした。都心では、すでに並んでいるという。

ちょうど夕方、銀座へ出る用事があるから、そのついでに仕入れてくるとするか。

あー、自分の本を買うって、ほんと、たいへんだ。

用事とは、ヤマハホールでの映画の試写。来春、初のブータン映画が、日本で公開されるとかで、その宣伝につなげるためだ。

ブータンは一九九八年に行ったが、そのときはまだテレビもない国だった。そのブータンで、映画ができたとは！

ブータンとオーストラリアの合作で、監督はブータン人。監督はじめ、出演者も全員お坊さんで、ほんものの僧院で撮影されたという。私は九八年の旅をもとにした『ふわっとブータン、こんにちは』（NTT出版）なる本があることから、試写の案内をもらっていたが、スケジュールが合わず、最終回のこの日、やっと見ることができた。

題名は『ザ・カップ』。サッカーのワールド・カップをめぐり、修行中の少年僧たちがぐり広げる騒動だ。ゲームを見たい、でも僧院にテレビはない、どうする？　といったストーリー。

風景が美しく、子どもたちの表情も、とてもすてき。それでいて、単なる「ヒマラヤの中のユートピア」といったお話にせず、国を追われたチベット仏教徒を、故郷喪失者ととらえ、中国、インドの二大国のバランスの上に、危うく存在している国際政治的な現実を、しっかりとおさえていた。また、そうした状況でも、心の平安を失わずに生き抜くための、しなやかな知恵が盛り込まれているところは、

（さすが、僧である監督によるものよ）

と感じた。

宣伝といえば、よく新聞の広告に、

「ラストシーンでは涙が止まりませんでした」

「恋をしている人、恋をしたことのある人には、ぜひ見てほしい」

といった、タレントや作家などからのコメントが寄せられているのを思い出し、

（ああいう感じで名が載るのかな）

と思うと、ちょっと照れくさく、それでいてミーハー心を刺激されるところもあった。広告では、皆、なかなかうまいことを言っている。簡にして要を得て、しかもひきつける。本人が考えるのだろうか。それとも、宣伝会社が用意している？

今回のは、まずはパンフレット用に、四百字詰めで五枚くらいのエッセイを書けばいいらしい。それなら、ふだんしていることと変わらないから、短くまとめるより、やりやすい。

広告用のコメントも、やはりあればということで、こちらは五十字から百字くらい。向こうが用意するわけではないのだ。だから、私のを見た人は、信じて下さい。

こちらは、パンフレット用エッセイの中心的なところを、あとから自分で字数内にまとめて直すこととした。

ヤマハホールを出たのが八時半、クリスマスの飾りつけで賑やかな中央通りを、とりあえず駅方面へ。近藤書店がまだ開いている。

エスカレーターで二階へ上がると、探していた自分の文庫が三冊あった。

とり急ぎ必要なのは、十冊。客のいないレジで伝票整理をしていた男性に、

「これだけでしょうか」

と聞くと、

「出てるだけです」

(そんなに売れるわけないのに。はじめから三冊しか入れなかったのか。いや、探すのが面倒なだけだろうな)

と思いつつ、一冊もなくなるのはよろしくないので、二冊だけ購入。

旭屋書店があるのを思い出して、行ってみた。こちらも閉店間近か、客は少ない。見ると、七冊。

「八冊いただきたいんですが、もう一冊ありますでしょうか」

と訊ねると、奥から一冊出してきてくれた。

手さげ紐のついた紙袋に入れてもらうと、十冊はさすがに軽くはない。これから一時間かけて帰るのだ。どこかで腹ごしらえしよう。それでなくても、もう九時。

銀座はあまり知らないので、これだけ店があるというのに、酒を飲まず、ひとりで食べられるところとなると、見当がつかない。

(ビルの食堂街みたいなところなら、なんとかなるだろう)

と、とあるビルの地下にもぐって、チャンポン屋に入った。チャンポンなら、他の何かよりは野菜がとれる。

「いらさいまーせー」

中国人らしい訛り(?)のある、女の子の声が響く。すみの席ではコートを着たままの中年男性が、新聞を上目で見ながら、丼にかぶさるように食べている。

汁がはねて本にしみがつかないよう、紙袋の上にマフラーをかぶせながら、

(クリスマス近い夜の銀座で、女ひとりチャンポンってのもな)

われながら能のないことよ、と思っていたら、やはり夕飯にあぶれたらしいキャリアウーマンふうの女性が入ってきた。この人もたぶん、「野菜がとれる」という選択でチャンポンにしたに違いない。

編集者に後で聞いたところ、発売日は十四日だったらしい。配本は十一日で、早いところ

ではその日のうちに並ぶが、地方とのタイムラグができてしまうので、全国に届いたであろうところで、正式に発売となるそうだ。

「とりあえず十冊は買えたので」

と話すと、

「銀座の旭屋じゃない？」

え、なぜ？

「旭屋の人が、十冊売れたから著者の人が買いにきたのかもしれないって言っていたそうよ」

ばれているなあ。

著者が買っていったとわからず、「自然に売れている本だ」と書店に思ってもらうためには、一ヵ所でまとめてではなく、あちこちの店で少しずつ買うのが望ましい。今回は時間的余裕がなかったが。

が、考えてみれば、旭屋で私が仕入れたのは八冊。二冊はホンモノの客が買っていったことになる。

共著者の横田氏から、めずらしく電話があった。執筆中は、相手からエッセイが送られてきたときの驚きをとっておくため、あえて直接には連絡をとり合わず、編集者を介してやりとりしていたのだ。彼は渋谷の本屋を回ったが、

「どこの店でも、僕たちの本だけ、高いんだよね」

積んである高さが、突出しているという。すなわち、減っていないのでは、と。

「は?」

心配になって、吉祥寺の紀伊國屋書店に行くと、たしかにわれわれのだけ出っぱっている。が、上の一冊を取ってみたら、下は全部違う本ではないか。ゲタをはかせてあるのだ。

さっそく、電話で報告した。

「そうか、横からもチェックしないといけないんだね」

と、少しは気が軽くなったような声。横田氏はいつも、私よりはるかにたくさん本を刷れる人なのだが、

(それでもやっぱり心配になるものなのだなあ)

と、少し親近感を持ったのだった。

同じ週に単行本が出て、これで今年は打ち止め。前に書いた原稿が日の目を見ることがまたま重なり、今年は点数が多かった。

来年は、今年ほど出なくてもいいが、あまり急激に減っても「ぱったり読まれなくなった人」みたいで、信頼性という点で問題なので、やはり三冊くらいは実現したいところだ。

現段階で、刊行月まで決まっているのは、文庫の一冊のみ。おおまかに「来年」と言われているのが、一冊。しかし「今年」と言われて、結局決まらず、この月になってしまった例もあるから、わからない。

「年が明けたら、相談しましょう」

と、そのことだけおたがい確認し合っているのが、三冊。今はとにかく、年末進行を乗り切るのでせいいっぱいで、先のことを相談する状況ではないのだ。

どうなることやら。

年末進行は、まさにたけなわ。仕事部屋で朝から晩までストーブをかけまくっていて、肌は乾燥するばかり。鉢植えのアイビーも、さすがに枯れてしまった。

クリスマス・イブと逃したジャケット

忘年会はない私も、さきほどの映画の試写をはじめ、夕方から出かける用事が、この時期はなんだかんだ多い。どうしても、年内に詰めておきたい打ち合わせとか。

起きて顔を洗い、その日の用事の時間を確認し、逆算して、

「何時には身じたくをはじめる」

と決め、あとはひたすらワープロに向かう。ぎりぎりまで書いて、昼食の時間がなくなってしまうことが、しばしば。食は健康の基本、「食事と睡眠だけは削らない」がモットーなのに。

書店で本を見た、編集者以外の知り合いからは、
「本が出たばかりだから、少しは暇かなーと思って」
と電話がかかってきたりする。とんでもない。本なんて、出る少なくとも三ヵ月前には、私の手を離れているのよー、出る頃はもう、とっくに次のことに突入しているのよー、だいたい本を書いてるだけでは生きていけないのよー、雑誌などの原稿も書かないと。そう叫びたい。スタンダールだっけ？「生きた、書いた、恋した」って言葉を墓碑銘に刻ませたのは。私の場合は、「書いた、書いた、生きた」。

起床時間がどんどんずれて、九時半とか十時。ご近所に恥ずかしい。ゴミも出しそびれてしまうし。慌てて服を着けゴミ袋を持っていってみたら、収集車が行ってしまったあとのときの、あのむなしさといったら。人生の敗北者みたいな気分になる。

夜、外から帰ってきてまたひと仕事しようとあがくから、こうなるのだ、就寝が三時頃になっている。いかん。一時前就寝をめざそう。

食生活も正さねば。玄米食を再スタート。

そう言えば、一月、二月にはキムチ鍋をよく食べていたが、この冬は、全然だな。食生活にはほんと、流行《は　や》りすたりがあるというか、あるものが一定期間、習慣的にずっと続き、また次のものに移っていく。

でも、キムチは復活させよう。発酵《はっこう》食品は体によいと言うし。

が、それには、駅の方のとある店まで、瓶詰キムチを買いにいかねば。近所の店では、即席漬けみたいなキムチしか売っていないのだ。ああ、しっかりと発酵したキムチが食べたい！

「二十日を過ぎたら、それを過ぎたら余裕ができる」

自分に言い聞かせる。正しくは、二十二日を過ぎたらだな。今年は二十二日が金曜。なので、その週がデッドラインという感じが強い。むろんそのあとも、年明け早々に送る原稿とか、書き下ろしの原稿とか、やることはまだまだあって、抱えたまま年を越すだろうが、気持ちとしては、二十五日からの週はずいぶん楽になるのでは。

人に会うのは、その週にしよう。いろいろに案件が延び延びになり、

「年内には会って、つないでおいた方がいいかも」

という顔がいくつか、キイを叩きながらも、頭の中を去来する。

と、その相手から、二十日頃に重なって電話がかかってきた。

「二十五日、六日くらいは、さすがに一段落しているはずだから、ゆっくりお会いしたいと思ったんですけど」

続きは聞かなくても、声でわかった。風邪を引いたのだ。すごく、ががら。

「昨日、一昨日とついに休んでしまって、やり残しができて」

まったく同じ電話が、三件あったのには驚いた。しかも、揃ってすごい声。この冬の風邪は、喉にくるのか。

二十日の週には、ハガキも多かった。

「お会いしたいと思いつつ、アッという間にこの時期になってしまって、ごめんなさい！　例の件もそのままで……」

というもの。私も同じことを思っているから、すかさず返事を書いて出す。

「こちらこそ、いつも本を送っていただきながら、お礼状ひとつさし上げずごめんなさい！　年が明けたらぜひ」

おたがい「あなたのこと、忘れてません」のしるしとして、本だけは送り合っていたが、ここへ来てもうひと声「愛してます」コールを送る。年末進行で忙しいほど、

「あの人にも。あ、あの人にも、いい加減、見捨てられたんではないかな」

と不安になる。賀状を出さない私は、「賀状でもって日頃の不義理を一括清算」という奥の手を使えないので、よけい焦る。

この時期、ふだんより筆まめな人間になるな。

「食事、睡眠は削らない」と並ぶもうひとつのモットーは「その日のコリは、なるべくその日のうちに取る」。そのための方法として、風呂とストレッチとがあるのだが、就寝一時をめざすには、どうしてもそれを削らざるを得ない。

結果として、腰痛《ようつう》がたまりにたまっていたが、二十二日、つきものが落ちたように、はたと原稿が早く終わり、

「そうだ！」

と思いたって、スポーツクラブへ行った。実に実に、十ヵ月ぶりだ。

水中ウォーク。プールの縦を行ったり来たり、四十五分間、ひたすら歩く。

水は必ずしも温かくはなく、プールから上がったばかりのときはぶるついて、血行がよくなったかどうかは疑問だった。が、風呂につかって、ドライヤーで髪をよく乾かして、外へ出たところ、体が内側からぽかぽかして、寒風もへっちゃら。来たときと、全然違う。腰も、別物のようにすっきりした。効果大。もっと、ちょくちょく来なければ。

二十三日は、土曜にして祭日。仕事の電話がくることもない。

腰痛と同じくたまりにたまっていた埃を、この機に掃除。年末進行の間は、見て見ぬふりをしていたのだ。

はたきをふるい、部屋じゅうに掃除機をかける。次いで、庭の草取りと落ち葉掃き。これも、ワープロを打ちながら、ずっと気になっていた。仕事部屋の窓が庭に面していて、目を上げると、ちょうど見えるのだ。

木の葉はすっかり落ちたのに、生えてほしくない草は、この季節になっても、生える生える。枯れた芝生をおおいつくしてしまいそうなほど。抜ききれないので、鎌で刈っていく。

庭がすんだら、風呂掃除。タイルの目地の汚れが、これもずっと気になっていた。カビではないらしく、カビ取り剤できれいに除去、とはいかない。ブラシを握り、物理的な力で、ごっしごっしとこすって落とす。

草刈りといい、これといい、グリップをきかせる作業ばかりで、ときどき左に持ち替えたが、両の手首が痛くなった。しゃがみ通しで腰も、痛たたた。

夕方から、親の家に行く。連休で、しかも日曜はクリスマス・イブ。そういうとき、家に寄りつかないと、

「さては、付き合っている男性がいるのか」

と思われそうで、痛くない腹を探られないためにも、ぜひとも行こう。親の家の大掃除もあるし。二十三日から行っておき、二十四日の昼間掃除し、晩ご飯をすませてから戻るつもり。

ところが、その泊まった夜、上の階の人が何をはじめたんだか、人がちょうど寝ようとした一時半頃から、どたばたやり出した。まるで、家探しでもしているような騒ぎ。明け方まで続いて、三時間しか眠れなかった。親の家の片づけをはじめたけれど、さすがにくらくらしてきて、夕方、父に客が来たのをいいことに、わけを話し、客と入れ替わりに辞してきた。「寝たい」という、ただそのためだけに。睡眠不足で、二日続けて肉体労働は、年齢的にちょっと無理。

ひたすら眠く、冷蔵庫の中の余り物で、セリ雑炊《ぞうすい》を作り、ぼーっとしたまま、すする。三十九歳のクリスマス・イブが、家でひとりセリ雑炊か。トホホ。

二十五日の月曜から、ほぼ通常の日々に戻れた。昼は家で原稿を書き、夕方ちょっと食事の買い物にいく、というパターン。イブの後のせいか、デパートの地下の食品売り場はすいている。思いついて、二階、婦人服売り場に回った。

「あっ、消えた」

ガラスの向こうに、ディスプレイしてあったジャケットが、ない。ピンクとオレンジの中間のようなツイード。ファーの襟つき。私が目をとめたものの中ではめずらしく、明るい色のジャケットだ。

シーズンはじめから飾られて、ずっといいなと思っていた。時間のあるとき試着して、すでにサイズも決めてあった。

値段は三万九千円。手が出ないわけではないけれど、年が明けたらバーゲンでいっきに下がる。年内に、いくらも着るチャンスがあるわけではないから、少し待とう。そう考え、ときどき来ては、

（まだ、ある）

と確認だけしていた。

金曜日、スポーツクラブの行きがけに寄ったときは、たしかにあった。が、別のものに替わっている。ガラスの横から、首を伸ばして、ショップの奥の方を覗い

てみたが、やはりない。この土日で売れたのだ。誰か、やはり前々から狙っている人がいて、クリスマスプレゼントに買ってもらったのだろうか。

残念。せっかく、私にしては明るい色に挑戦しようとしたのが。

（でも……）

うっすらとガラスに映った自分に気づいて、思い直す。こういう、堅実すぎて、思いきりが悪くて、あと少しのところで逃すというのも、自分らしくてよいではないか。またどこか、予期せぬところで、好きだと思えるものに出会えるかもしれないし。

押し詰まって二十八日、まだ原稿を書いている。

二十九日、まだ原稿を書いている。

でも、書くものがあるのは嬉しいこと。来年、再来年の今頃も、こうでありますように。

冬

こんな本を読みました

「書評の候補をみつけなければ」

というノルマ以外で読む本は、新刊本でないものがほとんどだ。書評用では、とにかく新刊本であることが第一条件という制約があるので、反動が来るらしい。

傾向には波があって、吉村昭ばっかり、北村薫ばっかりのときもあれば、二十世紀前半のイギリス、次はアメリカというように、外国の短編集が続いたりする。ある作家の、店に並んでいる文庫本をはしから順々にゲットして、棚になくなり、ようやくやめたこともある。

この冬は、ひたすら詩歌であった。

きっかけは、すごく即物的で、電車との関係である。

私は乱視ぎみなのか、乗り物の中で、字を目で追うと、てきめんに酔う。家を出る直前まで没入していた藤沢周平の小説を、途中でやめられず、電車の中でも読みふけり続けたら、東京駅に着いて吐きそうになったことがあった。

吉祥寺から東京駅までは乗って三十分、東京駅に限らず、都心に出るときは、うちからだいたい一時間みる。その間、何も読まずただじっと揺られているのは、もったいなさ過ぎる。

しかし、読めば必ず気分が悪くなる、このジレンマ。

それを解決したのが、詩歌である。

大岡信の角川文庫『名句　歌ごよみ［春］』『名句　歌ごよみ［夏］』『名句　歌ごよみ［秋］』『名句　歌ごよみ［冬・新年］』の四冊をもらい、サイズ的にも携帯しやすいことから、試しに持ち歩いていたら、これだと、どうやらだいじょうぶ。句、歌の部分は、活字が大きく、余白もたっぷりとってあるので、解説文を熟読しない限りは、酔わずにすむようなのだ。

「電車の中では詩歌に限る」

と決め、四冊あっという間に読み終ってしまった。

続いてシフトしていった先は、同じ編著者の『折々のうた』（岩波新書）シリーズ。一九七九年から朝日新聞で連載され、なおも続いているロングシリーズで、岩波新書も『折々のうた』正、続、第三から第十、総索引、さらに『新折々のうた』の一から五くらいまで出ているらしく、当分尽きることはなさそうだから、安心である。

しかし、昔の方は、書店に紐付きでぶら下がっている目録に載っていなかったり、そうかと思うと、アンコール復刊と銘打って、『折々のうた』の正だけが突然平積みになったりするから、気が抜けない。「新」のつかない方は、古本屋で見かけたら、そのつど買うようにしている。

ばらばらに購入すると困るのは、どれとどれは読んだのか、わからなくなることだ。

私は読書ノートの類《たぐい》をつけていない。

「年に何冊くらい読みますか」

とのよくある問いに答えられぬのも、そのためで、また読み終った本は、原則として、次々と古本屋へ流している。

なので、前に読んだ本をまた買ってしまうこともしょっちゅうだ。近所の古本屋でみつけてきて、ページをめくっていったら、消し忘れの書き込みがあり、よくよく見ると自分の字だったという、嘘みたいな例もある。

『折々のうた』に関しては、くり返し味わえる本だから売らないことにし、そして、いつ何時古本屋で出会ってもいいように、うちにある巻を小さな紙にメモして、財布の中に常備しておくことにした（そしてそれを、札の出し入れとともに、ときどきなくす）。

この本のいいところは、古今の別を問わず、いろいろな作品集から再録してあることだ。なんとかの親王みたいな昔の人のもあれば、現代詩人のもあり。中国の人のもある。万葉集のラストにおかれているという、大伴家持《おおとものやかもち》の、

新しき年の始めの初春の今日降る雪のいや重《し》け吉事《よごと》

という歌の、堂々たるよみっぷりには感心し、

「私もいつか年賀状を書くことがあったら、絶対これを印刷しよう」

と心に決めて、人にそう話したところ、

「誰だったか、いたな、今年の年賀状に」

と言われてしまった。世の中、同じようなことを考える人がいるものだ。

後で聞いたら、八十歳のおじいさんから来た賀状とのことだった。

蕪村は前から好きではあったが、この本を機に、『蕪村俳句集』（尾形仂校注・岩波文庫）をあらためて読み、その延長で『蕉門名家句選（上・下）』（堀切実編注・岩波文庫）にも手を出し、さらに『芭蕉七部集』もほしくなったが、岩波文庫は絶版にしたのか、前にはたしか目録に載っていたのに、今はない。復刊してー。

『折々のうた』によく採られていることから、『和漢朗詠集』（川口久雄訳注・講談社学術文庫）もあちこちを探し回ってやっと入手したものの、こちらは電車で読むには字が小さ過ぎ、なかなか進まない。江戸時代の庶民の俳諧『武玉川』なるものも、『折々〜』で知り、どこかの文庫のを古本屋でみつけたが、こちらもあまりの字の小ささに、あきらめた。

しかし、『折々〜』をきっかけに、今や『漢詩の楽しみ』（石川忠久著・時事通信社）にまで移行しようとしているとは、連鎖反応的影響力たるや、恐ろしいものがある。

放っておくと、私の読書生活が詩歌一色に染まってしまいかねないので、「電車の中用」と限定している。

あとがき

身辺エッセイを書く中で、これまであまりふれないできたことがある。

仕事をめぐる日常だ。

締め切りがどうの、編集者がどうといった、「業界」ふうのことをちらつかせるのは、感じ悪い気がして、なるべく避けていた。が、もの書き以外の人と世間話をしていて聞かれるのは、私があえてよけている、その部分のことが多いのだ。

朝、何時頃起きるのか、やはり夜型なのか、からはじまって、

「もの書きの人に仕事を割り振る、会社みたいなのがあるの？」

など、

（はー、そういうことも考えられるわけか）

と、意表を突かれるような、ありとあらゆる質問が出る。

「書くだけで、ほかに副業はしてないの？」

と、貧乏を案じてくれる人もいれば、本を一冊出すだけで、印税が不労所得か何かのよう

にウハウハと入ってきて金持ちになるものと、誤解している人も。

考えてみれば、私も会社勤めをしていた頃は、本についている著者の顔写真を眺めながら、いろいろなことを想像した。

そもそも、もの書きとはどのようにしてなるのか。

カン詰めというのをよく聞くが、畳の部屋で、編集者なる人が後ろに張り付き、原稿が一枚一枚でき上がるのを待っているんだろうか、とか。

前者の、どのようにしてなるかについての私の体験は、講談社文庫『なまいき始め』に書いた。

そして、後者のような仕事まわりの日常を、あえて中心にすえたのが、この本だ。自分でキャッチフレーズをつけるのは気がひけるけれど、二〇〇〇年一月から十二月までの、エッセイスト岸本葉子の日常、と言うべきか。

「公開！　これがもの書きの生活です」と銘打つことはできない。ベストセラー作家にはベストセラー作家のまったく別の、日々の成り立ちがあるだろうし、売れぐあいだけでなく、個人的な性向によっても違ってくる。

私はたまたま人中《ひとなか》に出入りするより、家にいるのが好きなので、この本にあるような、地味系の日々を送っている。都心に住んでいないので、電車で行き来するのが面倒という、地理的な条件のせいもあるが。

家にいるのと、集中力がそんなに続かないのとで、仕事の合間に家事をしたり（逆は、生産性上ちょっと問題）、家事と仕事を同時進行したりする。必死になってキーボードをたたくかたわら、三十分前にセットした炊飯器から、湯気が立ち上がっているという、カタカナ職業にしては、間抜けな図が展開される。『炊飯器とキーボード』というタイトルは、そうした日々の象徴である。

ほんとうは『パソコンと炊飯器』としたかった。その方が語呂もいい。なのに、かなわなかったのは、この期に及んでまだ、ワープロからパソコンに移行できていないため。わが家のパソコンは、実用化のめどが立たぬまま、二十一世紀を迎えてしまった。

原稿をメールで送れ、との外圧は日増しに強く、送付状の文言も「まことに申し訳ありませんが、ファックスで送らせていただきます」と限りなく卑屈になっている。締め切り前に書いたのに、まるで悪いことをしているかのように、謝りながら原稿を送っている。

そう、ある出版社の対談でもらしたところ、その社で、パソコン習得記の企画が具体化したのだから、ものごとのきっかけは、どこに転がっているかわからない。興味やしたいことは、やはり機会あるごとに口にした方がいいと、あらためて思ったことだった。

パソコンの他に、本文に出てきたできごとのその後について、ふたつほど。

三回も起きて、私をびびらせた腸炎は、その後、再発の兆しもなく、ほっとしている。が、年齢的にも体の変わりめ。健康を過信してはいけない。今までは、忙しいと言うはおろか、思うことすら自分に禁じるところがあった。けれど、これからは、他人との比較はどうあれ自分が忙しいと感じたら、おおいに弱音を吐くつもりだ。

十二月に買いそびれたジャケットは、その後のバーゲンに、なぜかひょっこり出た。結果的に一万円ほど安く購入したわけだから、やはり私は運がいいのだろうか。

一ヵ月に一章、その月のできごとを書いてきたのが、終わってしまい、とてもさびしい。この仕事はほんとうに楽しく、キーボードに向かう心持ちは、いそいそしていた。だいたい取材旅行や対談は、ページの主旨とずれるので活字にはできないが面白いことというのが、ずいぶんあり、人に話したくてむずむずする。この間は、そうしたこともアウトプットにつなげられ、精神的にとてもいい循環だった。読み返してみて、われながら、(自分のことをタナに上げずいぶん手前勝手な理屈で腹を立てているな)と思うところもあったが、そのままにした。怒りの対象とされた人の目に、どうかこの本がとまりませんように。

とにかく仕事は単に時間の上でいっても、私の生活のかなりの割合を占めているのが現実である。その部分にふれない方が不自然なのだ。

本づくりも終わりにさしかかり、今の願いは、三年後再びエッセイストの日常を、十二ヵ月にわたって綴ること。顧みれば『なまいき始め』(このタイトルも、今となっては恥ずかしい)は、会社員から、今の仕事へとシフトする二十代の日々のことだった。『炊飯器とキーボード』は、三十代のしめくくりの年。

この先、四十代に入って、自分にとっての仕事の位置付け、人との関わり方、おおげさに言えば生きる態度のようなものが、どう変わり、あるいは変わらないのか。同じつくりで本を書くことにより、みつめてみたい気がする。

二〇〇一年春

岸本葉子

炊飯器とキーボード●文庫オリジナル作品
本書は講談社文庫のために書き下ろされた。

|著者|岸本葉子　1961年鎌倉市生まれ。エッセイスト。東京大学教養学部卒。生命保険会社勤務を経て、'86年中国北京外語学院に留学。『よい旅を、アジア』『旅はお肌の曲がり角』『三十過ぎたら楽しくなった！』(以上、講談社文庫)、『幸せな朝寝坊』『30前後、やや美人』(以上、文春文庫)、『もうすぐ私も四十歳』(小学館)、『ちょっとのお金で気分快適な生活術』(講談社+α新書)、『「ひとり暮らし」の人生設計』(新潮OH！文庫)　など著書多数。

炊飯器《すいはんき》とキーボード　エッセイストの12ヵ月《げつ》

岸本葉子《きしもとようこ》

講談社文庫

定価はカバーに
表示してあります

2001年5月15日第1刷発行

発行者――野間佐和子

発行所――株式会社　講談社

東京都文京区音羽2-12-21　〒112-8001

電話　出版部　(03)　5395-3510
　　　販売部　(03)　5395-3626
　　　製作部　(03)　5395-3615

デザイン―菊地信義

製版――共同印刷株式会社

印刷――共同印刷株式会社

製本――株式会社上島製本所

Printed in Japan

落丁本・乱丁本は小社書籍製作部あてにお送りください。送料は小社負担にてお取替えします。なお、この本の内容についてのお問い合わせは文庫出版部あてにお願いいたします。　(庫)

ISBN4-06-273165-7

講談社文庫刊行の辞

二十一世紀の到来を目睫に望みながら、われわれはいま、人類史上かつて例を見ない巨大な転換期をむかえようとしている。

世界も、日本も、激動の予兆に対する期待とおののきを内に蔵して、未知の時代に歩み入ろうとしている。このときにあたり、創業の人野間清治の「ナショナル・エデュケイター」への志を現代に甦らせようと意図して、われわれはここに古今の文芸作品はいうまでもなく、ひろく人文・社会・自然の諸科学から東西の名著を網羅する、新しい綜合文庫の発刊を決意した。

激動の転換期はまた断絶の時代である。われわれは戦後二十五年間の出版文化のありかたへの深い反省をこめて、この断絶の時代にあえて人間的な持続を求めようとする。いたずらに浮薄な商業主義のあだ花を追い求めることなく、長期にわたって良書に生命をあたえようとつとめるところにしか、今後の出版文化の真の繁栄はあり得ないと信じるからである。

同時にわれわれはこの綜合文庫の刊行を通じて、人文・社会・自然の諸科学が、結局人間の学にほかならないことを立証しようと願っている。かつて知識とは、「汝自身を知る」ことにつきていた。現代社会の瑣末な情報の氾濫のなかから、力強い知識の源泉を掘り起し、技術文明のただなかに、生きた人間の姿を復活させること。それこそわれわれの切なる希求である。

われわれは権威に盲従せず、俗流に媚びることなく、渾然一体となって日本の「草の根」をかたちづくる若く新しい世代の人々に、心をこめてこの新しい綜合文庫をおくり届けたい。それは知識の泉であるとともに感受性のふるさとであり、もっとも有機的に組織され、社会に開かれた万人のための大学をめざしている。大方の支援と協力を衷心より切望してやまない。

一九七一年七月

野間省一